# JOKER《ジョーカー》

溝口 学

郁朋社

# ジョーカー

JOKER

# 1日目（8月6日）

月の光が波に揺られてゆらゆらと海面で輝いている。薄暗闇の中、椰子の葉が風に揺れているのが見える。1945年8月6日午前0時、まだ夜明けまでには数時間かかりそうな、ここは南太平洋テニアン島である。

そんな静寂を破り、一機のB29爆撃機が北に向かって飛び立つのが、ナビゲーションライトで確認できた。その様子を10キロ程離れた海から、潜望鏡で覗いている潜水艦があった。

「艦長、打電しますか？」

「待て、まだ護衛戦闘機があるか確認する」

すると暫くして、またB29爆撃機が飛び立った。そしてまた一機と、合計4機が飛び立った。

1時45分に5機目のB29が飛び立ち、それから30分経っても次に飛び立つものはなかった。

「よし、いいだろう打電しろ」

潜水艦の艦長は言った。

最後のB29爆撃機はエノラゲイといい、特殊任務を負っていた。この爆撃機の責任者はパーソンズ大佐であり、エノラゲイという名も彼の母親から取ったものであった。

殆どの乗組員は、本日の任務が世界で初めて原子爆弾を投下することとは知らなかった。

このB29には12人の乗組員と、リトルボーイという原子爆弾が乗っており、目的地は日本の廣島である。

それから2時間ほど後、エノラゲイが太平洋上高度2000メートルを飛んでいる時、日本軍のレーザー照射を受けた。エノラゲイは直ぐに8500メートルまで高度を上げた。この高度では日本の戦闘機が追いつけないためである。

パーソンズはティベッツ機長に訊ねた。

「大丈夫か？　我々は発見されたか？」

「分かりませんが、どちらにしてもこの高度まで追ってこられないでしょう」

その頃、日本の四国沖では新型戦闘機震電《しんでん》が空母葛城《かつらぎ》からの離艦準備をしているところであった。

震電は高度8700メートルでも時速750キロを出すことができ、1万2000メートルの上昇も可能であり、B29に対し繰り返し攻撃ができることが特徴で、本土防衛の切り札と言える新型機であった。その形状はこれまでのゼロ戦などとまったく異なるプロペラを後部に配置した、まるでロケットのような飛行機であった。

空母葛城には少し前に駆逐艦からB29をレーザーに捉えたとの報告があった。

B29の機内では爆撃担当のトーマス少佐がコーヒーを持って操縦室に入ってきた。

「モーニングコーヒーは如何ですか？」

「いただこう」

パーソンズは答えた。

「そろそろリトルボーイの正体を皆に伝えますか？」

とティベッソはパーソンズに訊ねた。

その時突然、震電がＢ29の真下から機銃攻撃を加えてきた。突然のことに彼らはパニックになった。1次攻撃で右エンジンに損傷を負った。

「敵機は何処だ」

ティベッソが大きな声で訊ねた。その時今度は前方2時の方向から突然震電が現れ機銃攻撃を加えてきた。２次攻撃で左エンジンが損傷を受け、火を噴いて高度がみるみる下がり、気がつくと高度は２０００メートルであった。今リトルボーイを投下すれば自分達まで被爆してしまうと判断したティベッソは、

「高度２００メートルでリトルボーイに安全装置をしたまま投下しろ」

と言った。

高度計が２００メートルを指し、リトルボーイは投下される。リトルボーイは海上を2度3度とバウンドして、日本の漁師が漁のため網を張っている網の中に沈んでいく……。

Ｂ29は海に胴体から着水、エノラゲイの乗組員は2人が機銃攻撃により死亡、10人が何とか生き延びたが、Ｂ29には既に海水が浸水して彼らは命からがらボートに乗り移ろうとしていた。そこへ日本の高速艇が駆けつけ彼らの周りを取り囲み身柄を確保した。

Ｂ29へは日本の兵士が侵入、兵士の中にはカメラを持つ者もおり機内の撮影を始めた。

この作戦は、震電がB29に何処まで対応できるかを確認するために行われていた。そのためあらゆる状況を記録・撮影して残そうとしていた。

また、拘束した兵士にもカメラを向け撮影した。

別の高速艇は漁師の網にかかったリトルボーイを回収した。当然これが何であるか日本海軍の兵士は知らなかった。

そのまま高速艇は空母葛城に向かった。そこには艦長宮嵜大佐が待っていた。

宮嵜はアメリカに永く暮らした経験があり、アメリカでの諜報活動にもかかわっており、英語は堪能であった。

B29乗組員が葛城に乗艦してきた時、原子爆弾も同時に積まれてきた、その時アメリカ兵の一人が驚きの表情を見せたのを宮嵜は見逃さなかった。

宮嵜は彼らを自ら聴聞し、この爆弾が何であるのか確認しようとした。そして、彼らからはっきりした答えは得られなかったが、何らかの特殊任務であることを悟った。

宮嵜は日本、ドイツだけでなくアメリカ、イギリス、ソ連まで原子爆弾を開発研究していることは承知していた。

そして、このリトルボーイが原子爆弾であるという推測にそう時間を要せずたどり着いた。

「米国の工業力、科学力をもってすればあり得る」

宮嵜は一人呟いた。

その頃、テニアン島の米軍基地では大騒ぎになっていた。エノラゲイから墜落の一報が入っていたからである。

この時、硫黄島には予備の原爆を搭載したB29爆撃機が控えていた。しかしエノラゲイの状況が判らないため出撃命令を出せないでいた。

この状況は夕方4時頃のワシントンに直ぐに報告された。

米国の原爆投下の責任者、陸軍長官ヘンリー・スティムソンはまさかの事態に大変あわてていた。本来ワシントンには原爆投下の一報が入るものとトルーマン大統領も執務室にいた。

大統領はエノラゲイ撃墜の一報に驚き、スティムソンを睨み付け、訊ねた。

「今、リトルボーイは何処にあるのかね」

「今、状況を確認させています」

そう答えるのが精一杯であった。大統領はさらに訊ねた。

「日本にいるエイジェントを使い状況を報告させろ。しかし、なぜ高度2万フィート以上のB29を攻撃できる戦闘機が日本にあったのか」

「ゼロ戦は高度1万8000フィート以上では出力が落ち、B29にはスピードで追いつけない筈です。ドイツからジェットエンジン技術が渡ったと聞いていますが、まだ実践配備まではできないと報告がありました」

スティムソンがそう答え、さらにバーンズ国務長官が、

「どちらにしても彼らの工業力は既に壊滅状態です。もう立っているのがやっとのボクサーです。後

一発でノックアウトです」

と言った。

「オケー、それでは早く最後の一発を打とうか」

大統領のジョークで少し場の空気が和らいだ。


その頃、宮嵜大佐は空母葛城から東京に向かって飛行機で出発するところであった。行き先は海軍省、海軍大臣に直接報告のためである。無線で報告すれば敵に傍受されるだけでなく、彼が最も恐れる事態である、陸軍に情報が漏洩するためである。陸軍がこのことを知れば必ず原子爆弾の奪還に動くと見ていた。そしてそのようなことになれば、内戦状態になるばかりか、米国との戦争は悲惨な結果になり、日本の体制が滅びるだけでなく日本民族そのものが滅びてしまう結果となると考えていた。

宮嵜が厚木飛行場に着いたのは夜8時頃、そこから海軍省までは車で1時間程であった。

本来の海軍省は空襲で官邸も含め焼失しており、今は財界人である堤の邸宅を借り受けていた。

宮嵜はまず官邸に米内海軍大臣を訪ねた。

米内は今の戦況ではポツダム宣言受諾もやむなしと考えている人物であった。

米内は宮嵜の突然の訪問に少し驚き、

「君は葛城で作戦中ではなかったか？」

と訊ねた。

「そうです、本日は新型戦闘機震電による作戦を実施しました」

米内もその作戦は承知していたので益々訪問に疑問が湧き、訊ねた。

「その君が突然どうしたのか？」

宮嵜は間髪をいれず、

「作戦は成功して、Ｂ29一機を撃墜しました」

「それは、見事」

しかしその報告であれば無線で充分なことは米内も承知しており、また、宮嵜がわざわざ自慢話に来る人物でないことも知っていた。

「それで、そのことで何か報告があるのかね？」

「米国は本日新型爆弾、すなわち原子爆弾による爆撃を企ててきました」

突然の報告に米内は驚き、思わず椅子から立ち上がり、

「何！　それでどうなった？」

と訊き返した。それに対し宮嵜は冷静に答えた。

「米国機を撃墜して、搭乗員10名を捕虜にし、原子爆弾1個を確保しました」

その言葉に米内は少し落ち着きを取り戻し、椅子に再び腰を落とした。

「彼らは何処の都市を爆撃目標にしていたのか？」

「廣島です」

「それで確保した原子爆弾はどこにある？」

「今は葛城に保管していますが、このまま保管することは大変危険であると思われます」

米内は徐々に冷静さを取り戻し、確かにとうなずいた。暫く沈黙が続き、米内は宮嵜の考えを改めて訊ねた。

「この度の作戦に400型潜水艦が1艘参加していますが、今、呉には他に2艘同型の潜水艦があります」

米内は身を乗り出し、首をたてに振り、うん、うんとうなずいた。

宮嵜は話を続けた。

「これらを空母葛城に集結させ、1艘は本物、あとの2艘は贋物とします」

「つまり1艘に原子爆弾を積み、残りは空のままということかね？ それで、その船をどうする？」

「どうもしません。ただ潜ってもらいます」

「なぜ、2艘も贋物が必要か？」

「本物を呼び寄せる暗号と、贋物2艘を呼び寄せる暗号を決めておきます。これは原子爆弾を守るためです、念には念を入れて2艘とします」

「それで、それからどうする？」

「米国との交渉になります。しかし、彼らは簡単には話に乗ってこないでしょう」

「どうすれば話に乗ってくるかね？」

「我々が米国を爆撃する能力があることを証明する必要があります」

「爆撃するのかね？」

「今、わが国が持つ原子爆弾はこの1つで、そのことは、以前わが国が実験のためドイツよりウランを輸入しようとして、米国に阻止されたことで米国も承知している筈です。そのような状況で原子爆弾を使えば、米国にわが国への原子爆弾による、絨毯攻撃の口実を与えることになり、我が国の滅亡、いや、民族の滅亡となります」

米内はその言葉に恐怖を覚えた。

「米国はいったい原子爆弾をいくつ持っているのか？」

「５つ以上、場合によっては10個、その工業力からその倍の生産も可能かと」

「では、米国は我が国がこの爆弾を使うように仕向けたりはしないのか」

「そのようなこともあるので、私はこの爆弾の所在を陸軍には知られたくないのです。我々はこの爆弾を使用せず、しかし交渉の道具として使っていくのです」

米内はある程度は納得したが、まだしっくりとはしなかった。

「しかし、君は先ほど米国を爆撃できることを証明すると言ったが、そのことが我が国への爆撃の口実にならないか？」

「恐らく米国政府だけの判断ならそれもあり得ます」

その言葉に米内はまた疑問が湧き出す。

「我々の交渉相手は米国政府ではないのか？」

「米国には世論というものがあります」

米内は怪訝な表情で、「世論……？」と呟いた。

「勿論我が国にもあります。しかし米国では大統領もこれを無視できないのです。ですので、世論を味方につけるためには色々と工作が必要です。たとえば米国政府が原子爆弾を我が国に奪われたことを米国民に知らせる必要があります。また、我が国が米国本土を攻撃できることも証明しなくてはなりません」

「それらの事実を米国民が知ればどうなる」

「主戦論も出ますが、最終的には和平に傾きます」

「しかし、これまでも米本土には度々爆撃を加えているが、米国政府の情報統制で表沙汰にはなっていないが」

「統制ができないように工作をします。特に、原子爆弾が我が国に奪われたことが報道されれば、報道統制は不可能です。また、一方で我が国に米本土爆撃能力があることが、米国民に知れれば米国の世論は、必ず和平に傾きます。そこで、一気に和平を進めます」

米内は宮嵜の話に概ね納得した。

「ところで米国にこちらの和平案をどのように伝えるのかね？」

「今、既にスイスにおいて藤村中佐が米国と直接和平交渉をしていると聞きます。それも利用できるひとつの手段です」

このことに米内は少し不満げに、

「わしも藤村の件は聞いているが、米国に利用されているように思うが」

と言った。

「しかし、米国と直接話ができる手段としては有効かと存じます。今回は我々には隠し玉もあり、彼らは間違いなく話に乗ってきます」

それでも尚米内は確認するように問いかけた。

「それで我が国の米国本土を攻撃できる能力の証明は、どうするのかね？」

「実は、今既に進行中の作戦があります。今月10日に空母型潜水艦である４００型でサンフランシスコを爆撃する計画です」

米内もその計画は承知していた。

「確か、人間魚雷回天２艘と、小型爆撃機による攻撃であったかな」

「そうです、回天はサンフランシスコ港にある軍艦を、爆撃機は金門橋を攻撃する計画です。もしそれが失敗しても次の手段は考えています」

米内はかなり納得した様子で、原子爆弾報道をどのように仕掛けるのか、と訊ねた。

「Ｂ29乗組員捕虜と、原子爆弾の写真を中立国の新聞に掲載させます」

「写真を中立国の記者にどのようにして渡すのかね？」

「我が海軍の間諜（スパイ）がまだ支那に数名おります。彼らがそれぞれの方法で、写真をアフガニスタンまで運びます。アフガニスタンには我が国の間諜で今は本国スペインで暮らすベラスコが受け取りに来ます。そして彼から中立国の報道に渡してもらいます」

もう殆ど疑問はなくなっていたが、宮嵜のすべて作戦の仕上げが聞きたくなって、米内は最後の質問をした。

「肝心の質問だが、君の考える和平案とは、どんなものか？」

「国体の護持、他国の軍隊を我が領土に入れない、戦争責任者は我が国において裁く、領土は第1次大戦前に戻す、ただし満州国は3分の1にして残す、食料・医薬品など民生品の援助を求める」

「今の陸軍の主張以上の要求だが、かなり虫のいい話だな」

「陸軍に配慮しているというより、交渉中は陸軍に黙って見守って欲しいので、無理を承知でこのような案にします。しかし本音は国体護持と占領がなければ、満州は勿論、千島・樺太・台湾・朝鮮をあきらめても、和平実現が必要かと存じます」

「しかし、いつかは明らかになるのではないか」

「ある程度、交渉が煮詰まり結論が見え、彼らの希望に添えないことが明らかになった時は、反乱を起こすと思われる者は事前に逮捕します」

「はっきり言って海軍にそんな力はないぞ」

米内は困ったように、そう言った。

「勿論、陸軍に行っていただきます」

「海軍でも主戦論と和平論は半々、陸軍に至っては殆どが主戦論者だ！　全員逮捕か！」

そう言って米内は天を仰いだ。

しかし、宮嵜は少し違う見方をしていた。

「現実を認識している人は、主戦論者ではありません。そのような人を味方につけましょう」

その宮嵜の言葉に励まされるように米内は立ち上がり、

「それではこちらの作戦本部を作ろう。しかし敵、味方を見誤れば我々も日本も破滅だな」

と独り言を言って、「まずは鈴木総理に話をしよう」と総理官邸に向かった。

その頃ワシントンでは、

「ウイリアム（ＯＳＳ戦略事務局長官）、何か情報は掴んだか」

とトルーマン大統領は訊ねた。

「はい、大統領、ひとつ動きがあると日本のエイジェントから報告が来ています」

「それはどのような内容かね」

「海軍省を見張っていたエイジェントが夜遅く宮嵜大佐がやって来たのを確認しました」

「宮嵜とは？」

「空母葛城の艦長です。恐らくエノラゲイの件にかかわっているかと。彼を拘束してリトルボーイの居場所を吐かせますか」

「もう少し様子を見たほうが良いのではないでしょうか」

スティムソンは慎重な考えだ。

「ヘンリーの言うとおりだ。少し様子を見よう。彼らは何らかの接触をしてくるだろう」

トルーマンもその考えに同調した。

しかし、バーンズ国務長官は、

「接触してきますか。彼らが何かを企てぬうちに、原爆を投下してしまいましょう」

と積極的攻撃論を展開した。

少し間を置き大統領は、

「これまでは、君が言っていたとおり、原爆で充分な脅しになったと思うが、彼らも我々と同じものを持っているとなると、少し状況は変わったと見るべきだ。とにかく情報を収集してから、どのように動くか考えよう」

と結論を下した。


その頃日本の首相官邸では、鈴木総理と米内、宮嵜が密かに会談を行っていた。

「君達の話は判った。しかし宮嵜君が言うように陸軍の動きが心配だ」

「総理、誰か我々とともに動く人間が陸軍にいますか」

米内は訊ねた。

「一番の和平派は東條だよ。しかし、今の彼には誰もついてこんな。人望から言えば阿南だな。しかし、彼は急先鋒だ……」

宮嵜は思いついたように、「やっぱり阿南大臣では……」とその名を挙げる。

他の二人は驚いた眼で宮嵜を見た。

宮嵜は気にした様子もなく、

「阿南大臣は戦況を理解されていると聞きます。それと今回の我が国の要求は、阿南大臣のこれまでの要求とほぼ一致しています」

「しかしそれは原子爆弾のない時の要求だろ」

米内は言った。これに対し宮嵜は、

「私が申し上げたとおり、原子爆弾ただ一発では戦況は変わりません。それをご理解いただければ、無理な要求は決してされないと思います」

その言葉を打ち消すように米内が、

「しかし、それでも無理を言えば……」

と洩らす。

「もし、無理をおっしゃれば、それは陸軍による原爆奪還を意味します。すなわちその場で射殺しても情報は守ります」

「それでは我々も命がけで説得しよう。では、明日阿南を説得するか」

そう言って鈴木は唇を噛み締めた。二人は、「はい」と答えた。


その頃、既に命令の下っていた４００型潜水艦３艘は空母葛城のそばまで来ていた。

原子爆弾の積み込みは、少数の将校と下士官により進められていた。

「慎重に降ろせ」

暗闇の大海原の中、時々月の明かりが人影を映し出していた。

潜水艦は、海中に潜り姿を消すように命令が下された。

また、葛城の乗組員全員にも、命令があるまでの上陸は禁止された。

やがて、潜水艦は海中に姿を消した。

朝を迎えたワシントンでは、トルーマン大統領が少し苛立った表情でスティムソン陸軍長官に訊ねていた。

「まだリトルボーイの居場所はつかめないかね」

「大統領、そのことでO・S・S（アメリカの諜報組織）のドノバン少将が来ています」

トルーマンはドノバンに良い印象を持っていなかったが、話を聞くこととした。

「ウイリアムか、何か情報をつかめたか」

ドノバンはこのままでは組織が廃止に追い込まれるのではないかと危機感を持っていた。そのためこの度のことはある意味好機と考えていた。

「大統領、東京のエイジェントに状況を報告するよう指示を出しています。まだ彼からの返事はありませんが、彼は以前より日本の上層部にパイプがあり、きっと良いニュースが聞けると思います」

バーンズ国務長官が付けくわえた。

「今、我が潜水艦が空母葛城に向かっています。場合によっては総攻撃による上陸作戦も行えるように、沖縄の艦隊も準備を進めています」

それらの話を聞きながら大統領は答えた。

「しかし、リトルボーイをまだ空母に保管しているとは思えない。リトルボーイの所在が判明するまで下手な攻撃はできない」

「その後、日本への爆撃も中止していますが、如何しましょう」

スティムソンが確認する。

「状況が判明するまで中止しよう」

と大統領は静かに答えた。


その頃、東京ではO・S・Sのエイジェントで前ドイツ在日本大使館二等書記官ルカス・ホフマンが軍令部総長豊田大将の自宅に車を走らせていた。

彼はドイツ大使館で働いていたときから、アメリカのエイジェントであり、ドイツ敗戦後も日本に残り、横浜で中立国相手の貿易を営んでいた。ソ連ルートなどを通じて安全に品物を運べる手段を持つことで、今の日本では手に入らない品物を売りさばき、利益を得ていた。また、そのような品物を政府関係者などに、付け届けして人脈を広げていた。

「おー、ホフマン君こんなに夜遅くどうした」

「すみません夜分に。実は又、色々良い品が手に入りまして」

彼は日本語も流暢に話せた。

「まあ上がりたまえ」

豊田は少し嬉しそうであった。

奥の洋間になった書斎の椅子に2人は座った。ホフマンは大きなカバンから洋酒らしき物を2本出し、

「大変珍しいフランスのシャンペンと、英国のウイスキーです」

と差し出した。

「ほう、それは懐かしい、私はロンドンの大使館に武官でいたことがあり、そのときはよく飲んだものだよ。遠慮なくいただくよ、君もやらんか」

豊田は嬉しそうに、コップを2つ出しそのウイスキーを注いだ。

2人は暫くたわいもない話をしながら酒を酌み交わし、少し酔いが回ってきたところでホフマンは話を切り出した。

「閣下、今日はもうひとつお話があります」

そう言ってカバンから書類を出した。そこには英語で日本人らしき名前が大勢書かれていた。

「ホフマン君、これはいったい何かね」

「それは連合国が準備している日本人の戦犯リストです。私のドイツの友人が連合国のベルリン本部に勤めていて、彼から送られてきたものです。良く見てください、私が印をつけた所を」

そこには豊田大将の名前が載っていた。

「わしもこの戦争には、開戦から今日までかかわってきた。当然このような結果になることは覚悟しておる」

「ドイツでも終戦後、戦争犯罪人の裁判が始まり、私の友人や知人の多くが死刑の宣告をされています。その多くは閣下と同じく覚悟はしていました。しかし死刑後、家族も戦争犯罪人の家族として、世間の蔑みや恨みの眼にさらされ、中には自殺する者もいると聞きます。閣下や閣下のご家族が、このような目に遭わぬように願っています」

「しかし、こればかりはどうにもならぬな」

その豊田の諦めの胸中を見透かしたようにホフマンは話し出した。

「実は閣下、私の商売の取引先にスイスの会社があります。ここの社員に一人アメリカのスパイがいます」

豊田は思わず「何！」と大声を出した。

しかし、ホフマンは意に介さず話を続けた。

「私もそのことは以前から知っていました。しかし、商売に支障がないため、彼らの動きに注意しながら付き合ってきました」

豊田は少し不信感を抱いたようにも見えたが、ホフマンは話を続けた。

「その者が余程困ったのか、私に正体を明かして連絡してきました」

「そのスパイが何を言ってきたのか？」

豊田が少しきつい口調で訊ねた。

「閣下は新型爆弾、原子爆弾のことはご存知でしょうか？」

「聞いたことはある」

「実はアメリカではこれを完成して本日、日本に投下するため爆撃機を飛ばしたというのです」

「えっ！　何処に？」

「廣島です。しかし、投下に失敗して日本に奪い取られたというのです」

豊田は尚、驚き、

「そんな事実何も報告がないぞ。いったい何処の部隊が分どったというのか」

と問いただした。

「私も詳しいことは判りませんが、アメリカはこれを破壊するか、取り返したいと言っているそうです」

「それはそうだろう。しかし、これで戦況はかわるぞ。いや！　一変する」

豊田は顔を高潮させて、見るからに興奮していた。

しかし、ホフマンはその興奮に水を差すように冷静に話した。

「いや、閣下そこです。誰しもそう思うのですが、アメリカはそのように思っていません」

「一体、どのように考えているのか」

豊田は怪訝な顔で訊ねた。

「アメリカはパールハーバーでは被害を受けたが、それ以上に国民の戦意は向上して、戦争の大義を得ました。今回も日本がこの1発だけの爆弾を使えば、アメリカは原爆による絨毯爆撃の大義を得ると言うのです。仮にそうなれば日本は人っ子一人住まない国土になるばかりか、百年間草も生えぬ世界が続くこととなります」

この話に豊田は言葉を失った。

「……」

暫く2人の沈黙が続く。

「それで、これを米国に返還すれば如何なる」

「そこです、恐らく陸軍がこの情報を知れば、収奪に動くでしょう。そうなれば、戦況の打開とか言って、原爆を使うかも知れませんし、当然、返還の話など成立しません。しかし、今誰が持っているかわかりませんが、いずれ公になる筈です」

ホフマンはさらに話を続ける。

「まあ、正式な返還話ができない以上、裏で話を進めるしかありません。アメリカに原子爆弾のありかを教える代わりに、和平の条件を伝えるのです」

豊田は覚悟したように訊ねた。

「うまくいくか？」

「条件が妥当なものであれば。そうなれば閣下は和平の功労者です。ご家族も英雄の家族となります。ついでに、私はこの日本でこのままビジネスができます」

ホフマンはニコリと笑った。

しかし、豊田はまだ不安だった。

「しかし、ひとつ誤れば売国奴になるな」

「閣下、この情勢から、近々最高戦争会議があると思われます。その成り行きを見てご決断されては如何でしょう」

ホフマンは会議で事を決することは困難と読んでいた。

そしてホフマンは会議でのバランスが崩れることも嫌っていた。そのため、豊田にこれまでの主張を急に変えないように注意してほしいと付け加えた。

その頃、阿南大臣邸には、鈴木総理、米内大臣、宮嵜の3名が訪れていた。

阿南はそろそろ床に就こうと、自分の部屋で本を読んでいた。

「旦那様、鈴木総理がお見えです」

妻の声がした。

「御一人か？」

「米内様と、もう御一人ご一緒です」

「客間にお通ししなさい」

阿南は少し不機嫌な声で言った。

宮嵜達が客間で待っていると、廊下から足音が聞こえた。

阿南が、「失礼します」と言って襖を開けた。

「阿南君、スマンスマン」

鈴木が申し訳なさそうに言った。

阿南は、「要件は何です？」と不機嫌に訊ねた。

鈴木は、

「実は緊急事態が起こって、あんたに相談にきたのだよ！」

と困った顔で言った。

「緊急事態とは？」

阿南は不思議そうに訊ねた。

「宮嵜大佐は知っているかな？」

鈴木の言葉に阿南はチラッと宮嵜に顔を向け、頷いた。

「今、彼から説明するから」

その鈴木の言葉に促されるように、宮嵜は起こった事実を伝えた。

さすがに冷静沈着で知られる阿南も、宮嵜の話が終わった後も言葉が出ず、呆気に取られたようにボーっと宮嵜の顔を見ていた。

暫くしてハッと正気を取り戻したように、「それは、今、何処にある」と訊ねた。

「400型潜水艦に積んでいます」

宮嵜がそう答えると、阿南は「これからどうする」といきなり本題に入ってきた。

宮嵜はアメリカの行動について、その予想を話した。

そして米内に既に話していた、日本側の対応と、最終的にアメリカと和平を結ぶことなどを話した。

「そんなにうまくいくか」

阿南は不審そうに訊ねた。

宮嵜は正直に、大変難しいと考えていると答えた。そして、

「特に、米国との交渉では、結論ありきで臨むことはできません。相手の出方によって、幾つもの対応を考えておく必要があります。しかし、国体の護持、外国軍の駐留を認めない、戦争犯罪については、日本国内法で裁く3点が守られるのであれば、和平を結び終戦としなければなりません。その一

方で、主戦論に凝り固まる若手将校が、陸軍にも海軍にもいます。場合によっては、彼等の身柄を押さえてでも、和平を進める必要があります」そして最後に、「阿南大臣にはこのことにご同意いただきたい」と強い口調で話した。

「君の言うとおり、3つのことが守られるなら、私も協力しよう」

それを聞いて阿南は、3人が驚くほどあっさりと同意した。なぜならば、阿南が役所の行き帰りに、何度となく目にしたある光景が脳裏をかすめたからである。

それは、何人もの若者が、大勢の人達に見送られ、万歳の声とともに戦地に赴く姿であり、その陰で大勢の母親達が涙を流す姿であった。

そしてそれは、自らの次男も戦死させ、気丈に軍人の妻として、また、母として振舞っていた妻が一人涙する姿とダブらせ、これらの母親を見てきたことへの、積年の思いがあるからであった。

阿南は心の中で、「けっして戦争などしたくない、しかし、これまで黙って死んでいった息子や、兵士に対して、この戦いが無駄であったとは言えないではないか」と叫んでいた。

しかし、今、敗戦ではない形で終戦を迎えるのであれば、和平もやむなしと考えていた。

「それでは明日の最高会議よろしく」

鈴木は阿南の顔をじっと見て言った。

「このことが、陛下の意思に副い、多くの国民の喜びとなります」

と、米内も阿南の手を握り言った。

三人は阿南邸を出た。車で走って暫くすると、宮嵜が洩らした。

「どうも、私が米内大臣を訪ねた折から、今この車の後ろを走るトラックがつけているようです」

「本当か？」

米内が振り返った。

「誰だろう」

鈴木も振り返った。

「お2人をお送りしてから捕まえます」

「大事前だ、無理はするな」

鈴木が言った。

宮嵜が、「心得ています」と答えた。

2人を送り、宮嵜はそのままホテルに向かった。車を降りてからも、後ろに気を配りホテルの入り口に向かった。

するとトラックの助手席から、老婆が降りてくるのが確認できた。この夜更けに老婆とはこの場所に似つかわしくなかった。

宮嵜がそのままフロントに行くと、老婆はホテルに入ってきた。

「間違いない、俺を尾行している」

宮嵜はアメリカでは諜報機関の設立にかかわった経験があり、尾行には慣れていた。

このホテルのエレベーターは既に止まっており、宮嵜は階段を使って4階まで上がることとした。

老婆も距離を置いて、後をつけて上がってきた。階段を上がりきった所で、宮嵜は靴を脱ぎ次の曲がり角まで走った。

息を潜め、身をかがめて待っていると、その女は、老婆とは思えぬ速さで宮嵜を追ってきた。

宮嵜は素早く女を捕らえると、自分の部屋に押し込んだ。

女をソファーに押し倒して、後をつけてきたトラックを確かめるために、窓から覗いていると、女は突然何かを口に入れた。

その後、女の体は力が抜けていくようにソファーから滑り落ちた。

宮嵜がそばによると、ほのかにアーモンドの香りがした。

宮嵜もアメリカで、諜報活動している時には、部下に青酸カリを持たせていた。まさに青酸カリによる自決であった。

宮嵜は友人の吉川に電話を入れた。吉川は宮嵜の神戸一中の同級生で、警視庁刑事部の警視をしている男である。

現在でいうところのキャリアで国家公務員採用であったが、現場が好きで志願して働いている間に、出世コースから外れてしまったが、現場を知るエリートとして幹部から重宝がられ、部下からも慕われている変わり種であった。

「すべての事情を話せないが、敵国の間諜に尾行され、捕まえたところ自決された」

宮嵜は簡単に状況を説明した。

暫くすると、宮嵜の部屋に吉川と4人の男達が現れた。

彼らに後を任せ、宮嵜は部屋を替わり、一人寝ようとしたが、眼が冴えて眠れなかった。

宮嵜はベッドの中で、今日は朝からとんでもない一日であったと考えていた。

何度もあの原子爆弾が眼に浮かんでは消えた。

## 2日目（8月7日）

突然、電話のベルが部屋に響いた。

知らぬ間に深い眠りについていたのか、外はもう明るくなっていた。

電話を取るとそれは、友人の警察官吉川であった。

「女の素性が判ったぞ。神田の借家に一人住まいをする、岡田房子と言う、40歳になる、役者上がり女で、2年前と1年前に息子2人が相次いで戦死しておる。亭主は10年前に病死で、それから女手一人で2人の息子を育ててきたようだ」

「トラックの方はどうだ」

宮嵜は訊ねた。

「登録番号を聞いているので直ぐに判ると思うが」

と吉川は答える。

「有り難う、今は詳しいことは話せんが、俺は国家の行く末にかかわる仕事をしている。また、何か判れば連絡してくれ」

そう宮嵜は頼んで電話を切った。


今日は最高戦争指導会議が皇居であり、鈴木から来るようにと、宮嵜は言われていた。

会議前に鈴木と米内に会い、打ち合わせをする約束になっている。宮嵜は総理官邸に8時半に着いた。

既に米内は来ていた。

「遅れました」

宮嵜が頭を下げる。

「いやいや、わしが早すぎた。じっとしておれなくて。ところで、昨夜の尾行はどうした」

米内の質問に宮嵜は、昨夜の出来事、そして友人吉川からの報告について話した。

「これは米国の仕業と見て、間違いないだろう」

米内はそう言った。

「間違いありません、しかし、このような庶民にも米国の間諜になるものがいるとは驚きです」

「確かに、金欲しさとも思えぬが、やはり、我々のこれまでのやりように対する反発か？」

と米内は暗い顔を見せた。

しかしまた、その言葉に米内の決心を、宮嵜は感じていた。

そこに鈴木が、「待たせてすまぬ」と言って入ってきた。

そして、２人の様子がおかしいことに気がつき、「何かあったか？」と訊ねた。

宮嵜はまた、女スパイのことを話した。

「今回のこと、時間をかけてはおれぬ。何としても和平の話を進めねば」

鈴木も、何かを決心したように言った。そして、

「会議の前に陛下にご説明せねばならぬ。何としても、和平を実現するため、ことによれば、陛下にご聖断をお願いせねばならないであろう。今回の会議は票決すれば、２対４で我々が勝てるが、油断は禁物、何が起こるかわからぬ。宮嵜君、今日の会議では君から、説明を頼む」

と、しっかりと宮嵜の眼を見て言った。

「はい、承知しました」

宮嵜も力強く答えた。

「では、行くか」

鈴木の声で、３人は口を一文字にして立ち上がった。


会議は10時半からであったが、３人は9時半に皇居に入り、鈴木は侍従を通じて、天皇に面会を申し出た。

その許可がおり、鈴木は原子爆弾の経緯と、今後の和平への展望について説明した。

天皇は、「今こそ国家、国民のために和平が必要である」とはっきりと鈴木に伝えた。

鈴木は天皇に対し、最高戦争会議で決することができない場合は、裁断をお願いすると伝えて、天

皇もこれに同意した。

宮嵜、米内が待つ控えの間に戻ってきた鈴木は、顔が赤く高潮していた。

鈴木が話すまでもなく、天皇は和平を強く望んでいることをあらためて知り、胸が熱くなる思いであった。

鈴木は2人に、「いただいたぞ」と力強く言った。

2人は、「はい」と答えた。

天皇とのやり取りを鈴木から聞かされ、2人は目頭が熱くなるのを感じ、つばをゴクリと飲みこんだ。

「失敗はできない、何としても和平を実現しなければ」

3人はそう強く思った。


会議開始からもう5時間が過ぎていた。

海軍軍令部の豊田総長と陸軍参謀梅津総長が、軍令部及び参謀本部抜きに進められた作戦は無効であると、和平にも反対していた。

特に豊田は別の思惑もあり、この和平には強く反対していた。

鈴木はここでいっきに多数決で決することも考えたが、会議中何も発言しない阿南の存在が気にかかった。

ここは無理をせず時間を置こうと、

「重大なことであるので、閣僚全員及び枢密院議長などにも、ご参加いただく御前会議を開き、再度議論いたします」

そう言って、御前会議の仕切り直しを提案した。

そのことには、誰も反対せず、会議は閉会した。

鈴木は米内と宮嵜を別室に呼んだ。

「時間が惜しいが、ここで無理をして、阿南君が向こうに付けば元も子もない。ここは、日を置いてじっくり行こう」

「確かに、一見4対2で押し切れるように見えますが、総理がおっしゃるように阿南さんがひるがえれば3対3になります。無理をしないのが、賢明かと存じます」

米内も同意した。それに対して鈴木は、

「しかし、わしはこれ以上時間をかけようとは思わん。和平が1日延びれば戦死者が増えるだけだ。明後日には、和平でまとめ上げねば」

と語気を強くした。そして鈴木は少し間を置き、

「場合によっては、陛下にご聖断を仰ぐつもりだ」

とその目にはなみなみならぬ決心が伺えた。

「和平が間違いなく結ばれるためには、これからが大事だ。宮嵜君、君は米国の世論工作について話していたが、進んでいるのか」

そう鈴木は宮嵜に訊ねる。

「はい総理、例の米軍搭乗員と原爆の写真を、我が国の間諜に渡し、第三国の新聞に載せる工作は、我が海軍の潜水艦により、今は、朝鮮の港に運ばれております。また、米国本土の爆撃については、今回の件とは別に既に計画が進んでおり、今月10日に実行予定です」

宮嵜は答えた。

「和平のために、作戦は間違いのないよう頼む」

鈴木は、念を押すように言った。

「判りました、全力で努めます」

「ところで、和平交渉の場所は？」

「私はワシントンが良いと思います。しかも、我が国の飛行機で、乗りつけるのが良いのでは」

と宮嵜が提案する。そして、

「これは、1つには、我が国の輸送能力の証明。もう1つは米国政府が、世論にさらされて交渉することで、圧力になり、きっと我が国に良い効果が生まれます」

と付けくわえた。これに対し鈴木は、

「それでは全権大使が必要になるな。やはり、近衛さんかな。補佐役は東郷外務大臣、相手国の受けも考えて、吉田も付けるか」

と言った。

「それは良い考えです」

と米内も同意する。

「宮嵜君は英語も堪能だし、今回の計画の立案者なので、事務方として同行して欲しい」

と鈴木が言うと、
宮嵜は、「大変光栄です」と頭を下げた。

「しかし、我が国の飛行機となると、そう多くは乗れまい」

鈴木は心配そうな顔をする。

「キ型爆撃機を改良すれば、10名程です」

宮嵜は答えた。

「あとは、誰が良いか」

鈴木が訊ねた。

「スイスで和平に努める、藤村中佐をお願いします」

宮嵜は直ぐに答えた。

「しかし、それでは海軍ばかりで、陸軍が承知せんな」

と鈴木が心配した。

「それでは、もう一人は今井少将でお願いします」

「ほう、それは良い。では後は、通訳ぐらいだな。明日は阿南も入れてこの件を話し合おう」

「では、明日官邸で、10時に」

そう言って3人は皇居の地下壕から外に出た。

すると、もう日が暮れており、夜空には満天の星が輝いていた。

灯火管制もこの時ばかりは良いものと感じた。

宮嵜がホテルに帰り、フロントで部屋の鍵を受け取ろうとすると、フロント係からメモを渡された。警察官の友人吉川からの言付けであった。そこには折り返し電話をするようにとあった。

宮嵜が部屋に戻り、吉川に連絡を入れた。すると、例の運転手の身柄を押さえたので、警察まで直ぐに来るように、大変重大なことが判ったとのことだった。

宮嵜はあわててホテルを出た。しかし、送りの車は既に帰ってしまったので、仕方なく自転車を借りて、吉川のいる警察署まで行くことにした。

結局30分程で警察署に着いた。

開口一番、吉川が「遅かったな」と言った。

宮嵜は息を切らせながら、車がないので自転車できたと説明するのがやっとであった。

吉川に連れていかれた部屋からは、隣の部屋が覗き見できるように、小窓が付いていた。

「まあ、見てみろ、奴が敵国の間諜だ」

それはごく普通の、何処にでもいそうな男であった。

「ただ奴は運転が主な仕事だ。小物だな。だから、少し脅すと何もかも吐いたぞ」

宮嵜は少し息も整ってきた。

「それで、重大なこととは？」と本題に踏み込んだ。

「恐らく、我が国にいる間諜の中では、大物と思える人物の名前だが……」

吉川は少し勿体を付けるように、一拍置いて、

「ドイツ大使館の元二等書記官でルカス・ホフマンだ。彼は日本政府要人などとも、親交のある人物だ。実は、このことが判ってから、彼の周辺を洗っていると」

そう言って吉川は宮嵜の顔をじっと見た。

宮嵜は焦れたように、話の先を急かした。

吉川は宮嵜の眼をじっと見ながら、

「驚くなよ、軍令部の豊田大将と頻繁に会っており、最近もホフマンが、大将の自宅を訪ねている」

この言葉に宮嵜は暫く、我を忘れたような放心状態に陥った。

やがて宮嵜は我を取り戻し、「貴様に頼みがある」と切り出した。

「乗りかかった船だ、何でも言えよ」

「ホフマンと豊田大将の家の電話を盗聴して欲しい。そして、俺から貴様に電話をするので、彼らの行動を教えて欲しい」

「判った、お前が何をしているか知らないが、竹馬の悪友だ！　信じているぜ」

宮嵜がようやくホテルに帰ったのは、日付も変わった、午前2時頃であった。

昨晩もろくに寝ていないが、今夜も眼が冴え神経の昂りを感じていた。

アメリカとの交渉について、あれやこれやと考えているうちに、ようやく眠りについたのは夜明け近くになった頃であった。

## 3日目（8月8日）

宮嵜はドアをノックする音に驚き眼が覚めた。

ドアの小窓から外を覗くと廊下に吉川が立っていた。

ドアを開けると吉川は、まるで押し込むように中に入ってきた。

「動きがあったぞ」と挨拶もなく叫んだ。

「一体どうした」

宮嵜は吉川を落ち着かせるように言った。

「例のお前のところの大将だよ。昨晩飛行機で何処かに飛んでいったぞ、後をつけることもできないので、取り急ぎ知らせに来た」

「そうか、あとはこちらで確認するよ」

吉川は電話の受話器を取る格好をして、「例の準備は完了だ」と言い残すと、あわてて部屋を出ていった。その仕草は盗聴の準備であると、直ぐに理解できた。

「まったく、忙しい男だ！」

とボヤキ口調で独り言を言いつつ、良き友人を持ったと感じていた。

時計を見るともう7時半であり、そろそろ官邸に行く準備にかかる必要があった。

そして、8時半には官邸から迎えの車が来た。

宮嵜が官邸に着いて、暫く待っていると、部屋に米内が入ってきた。

吉川から聞いた豊田の動きについて報告すると、

「豊田は昨晩何処に行ったのか」

と米内は訊ねた。

「恐らく、我が空母葛城に向かったものと思われます」

と自信ありげに言った。

「このような事態は既に想定していますので、次の手は打っております」

「判った、君に任そう」

と米内は少し安心したようであったが、直ぐに顔が曇り、

「しかし、あの豊田が……」と言った。

その時、2人のいる部屋に鈴木が入ってきた。宮嵜は鈴木にも豊田の件を報告した。

「間もなくここへ阿南大臣も来るが、このことは内密に……」

と鈴木は二人の顔を見て言った。

やがて阿南が現れ、4人は和平交渉の進め方、条件などを話し合った。

阿南が交渉団に吉田を入れることに反対すると思われたが、一切反対はなかった。

その頃、豊田は四国の詫間《たくま》基地に来ていた。

昨晩の内に到着していたが、夜の移動を避け、朝一番に空母葛城に向かうことにした。

高速艇を準備させ、副官達と乗り込んだ。

30分程走ると、海上にいる葛城の姿が見えてきた。高速艇は葛城に着艦、船上には事前に連絡されていたため、葛城の幹部が整列敬礼して出迎えた。

豊田は乗船するなり、この艦の副官は誰かを訊ねた。

「はい、私が副官の国本中佐であります」

と、そこにいた将校が答えた。

「この艦は軍規に違反して、敵より奪い取った爆弾を、軍令部に報告せず保管しておる。直ちに、引き渡すように」

と、まさしく命令口調で豊田は言った。

国本は困惑した顔で、今、ここにはないことを告げた。

「それは何処にあるのか！」

豊田は詰問するように言った。

「はい、潜水艦に移しました」

「直ちに、その艦を呼び戻せ！」

「はい、大変重大な爆弾であり、潜水艦への無線連絡は一日2回しかできません」

国本がそう答えると、豊田は、それは何時かと訊ねた。

「はい、午前2時と、午後8時であります」

「どのように連絡するのか？」

「はい、一方的にこちらから、雨降らず、晴天なりと連絡すると、北緯33度6分東経１３４度11分に潜水艦が浮上します」

豊田は時計を見て時間を確認した。

「それでは、本日直ちに打電せよ」

そう命令し、一緒に来た副官にこの場に残り、打電を確認するように、そして、その潜水艦に命令書を渡すように指示して、自らは公務のため東京に戻ると伝え、帰京した。

豊田はもと来た道を逆に、急いで戻った。

そして、午後4時頃自宅に戻ると、直ぐにホフマンに電話をかけ、例の件で伝えたいことがあるので、直ぐに自宅まできてほしいと伝えた。

「はい、直ぐにお伺いします」

ホフマンはそう答え、車を飛ばした。彼は直感的に良い知らせだと思っていた。

1時間もしない間に豊田の自宅に到着した。

「おお、早かったな、上がりたまえ」

豊田は着物に着替え、いかにもくつろいでいたように見えた。

ホフマンから切り出した。

「閣下、うまくいきましたか？」

豊田は薄ら笑いを浮かべ、大きく頷いた。

「いつ我々の手に渡せますか？」

ホフマンは待ちきれぬ様子で訊ねた。

「在り処は掴んだが、まだ、こちらの手にはない」

そう豊田が言うと、ホフマンは少しがっかりした様子で、いつこちらの手に入るのかと訊ねた。

「今から場所を言うので、後は君達で処理してくれ。ただその前に例の和平の保証が欲しい」

豊田はホフマンを睨み付けるように言った。

「閣下の和平に持ち込むための条件は？」

「わしは、国体の護持、我が領土への外国軍の侵攻禁止、この度の戦争に対する裁きは我が国が行う、それだけだ」

殆ど宮嵜が考えている内容を伝えた。

「判りました、ここに連合国司令長官ダグラスマッカーサーの閣下宛の礼状があります。ここにはお礼の言葉とともに、閣下の申し出に真摯に取り組むとあります。どうぞ、ご確認ください」

そう言って、英語で書かれた書類を豊田に渡した。

「やけに準備がいいな」

豊田は戸惑ったように手にする。

「閣下であれば必ず成功すると、私から相手に伝えて、約束履行の担保を用意するように言っておきましたから」

豊田はその書類に一通り目を通し、「間違いなかろう」と言うと、少し間を置き、

「それでは言おう、原子爆弾は、４００型潜水艦に搭載しておる。その潜水艦は明朝午前2時北緯33

度6分東経134度11分に浮上する」

それを聞いたホフマンはあわてて、

「えっ、時間がない、閣下電話をお借りします」

と、どこかに電話をかけた。

## 4日目（8月9日）

それから9時間後。

ホフマンからの連絡は日本近海に展開するアメリカ機動艦隊に伝わり、対潜水艦対策をとられた艦隊が編成され、四国沖に向かっていた。

日本の400型潜水艦は、この度の浮上が危険なことは充分に理解していた。

そのため艦長が乗組員に注意を喚起していた。

「浮上後、直ちに、敵からの攻撃がある。その時は潜行せず、艦を離れて危険を回避する」

これは大変危険なことであり、覚悟の上の作戦であった。

ワシントンは8日の午後1時であった。

「いよいよ、リトルボーイの居場所がわかったか」

トルーマンは浮かれるように言った。

「はい、大統領、間もなく奪還に動きます」

O・S・Sのドノバンは答えた。

「もしも、奪還できなくても、敵が使用できないように破壊するのだ」

トルーマンは今回の事態にもう辟易していた。

ドノバンは大統領の顔色を見ながら、「分かっております」と答えた。

「奪還作戦が成功次第、直ちに第2波の原爆投下を実施せよ。もう早く戦争を終わらせるのだ」

「もう既に硫黄島には爆撃機が待機しております」

スティムソンは答えた。


四国沖、午前1時59分。

月明かりが海面を照らし、ユラユラと揺れて見える。

空と海に2つの月が見えて、周りを照らし、夜とは思えぬ程、今夜は明るかった。

やがて海面から潜望鏡が突き出てきた。

その潜望鏡が周りを確認するように、一回転する。

そして、暫くして海面を切り裂くように、潜水艦が浮上してくる。

その瞬間を待っていたように、雲の切れ間から、グラマンF6Fヘルキャットが、潜水艦めがけて急降下してきた。

空から機銃掃射を受け、潜水艦の鋼鉄と弾丸があたる音が響く、次々にアメリカ機が空から降ってくるように現れて、潜水艦に近づこうとする日本の高速艇も銃撃を受ける。

乗組員達は反撃する間もなくその場に倒れていく。やがて潜水艦のハッチが開き、乗組員は海に飛び込む。その後、アメリカの潜水艦から魚雷が発射され、４００型潜水艦は大きく損傷を受け浸水し始める。

「早く外に退避しろ」

大きな声が響く、海に飛び込んだ兵士がふと見ると、そこはもう既にアメリカ艦船に取り囲まれていた。

なすすべもなく傾きながら、沈み行く４００型潜水艦の横腹にはなぜかＦＡＫＥ（偽装）と書かれていた。これはこの事態を宮嵜が予見して書かせたもので、敵に対して原爆破壊が失敗したことを知らせる工作であった。

なぜなら潜水艦を沈めるだけで作戦が成功したと敵が思い違いをすれば、次の原爆が投下される可能性があるからである。

アメリカ艦船から多くの潜水士が海に飛び込み、４００型にあいた大きな穴から船内に入っていき、10分程して何人かの潜水士が海面に上がってきた。

周りの船から、「どうだ、見つかったか」と声がかかり、潜水士は、「見つからん」と答える。

そのうち潜水士から「何か様子がおかしいぞ」という声が漏れ始め、

「あの船の横腹を見ろ。ＦＡＫＥと書かれているぞ」

と叫んだ。

船上では指揮官が、「いっぱい食ったか」と地団太を踏んでいた。

やがて日本のゼロ戦も反撃に来て、その付近の海は両軍の銃撃で、周りが昼間のように明るくなった。

その後、アメリカ軍が引き上げると、海は何もなかったようにもとの静けさを取り戻し、日本の兵士だけが、ぷかぷかと浮かんでいた。


朝4時頃、豊田邸に2台の車が現れた。

1台は米内と宮嵜が乗り、もう1台には吉川が2人の男と乗っていた。

「旦那様、米内大臣がお見えです」

お手伝いの女性の声に豊田は目を覚ました。

時間が時間であり、昨日の今日でもあり豊田は不吉な予感がした。

「直ぐに行く。客間に通せ」

そう言って、米内達がいる部屋に、寝巻きの上から上着をまとい現れた。

「こんなに朝早くどうしたのですか」

まったく不機嫌を隠さず言った。

米内は平然と詫びることもなく、「まず君に、これを聞いてもらいたい」と言って、録音機を出させた。

そこには、豊田とホフマンの会話と、ホフマンが豊田邸から電話をした内容が録音されていた。

「これに覚えはあるか」

米内は強い口調で訊ねた。

みるみる豊田の顔は蒼白になり、言葉にならぬ言葉を発した。

「今、ここで君を逮捕することも可能だが、そんなことで時間を取りたくない。今後は我々の指示に従い動けば、悪いようにはせん。いいな」

そう米内が言うと、豊田はコクリと首をたてに振り、うな垂れた。

彼にも言いたいことはあったが、この場で何を言っても、どうにもならぬと悟った。

米内は部屋から出る時、

「ああそうだ、例の物はまだ我々の手にあるよ。安心しろ」

と豊田に告げた。

しかし、米内も宮嵜も今回のことで多くの部下を失った。

特に、400型潜水艦の艦長は船と運命をともにし、まさに彼らが嫌いな特攻のように、みすみす命を失わせたことは、申し訳ないと感じていた。

そんな彼らのためにも、今回の和平は何としても成功させたいと、あらためて決意する2人であった。

午前10時、御前会議は始まった。

まず、はじめに鈴木より、この度の会議の趣旨すなわち、米国の原爆投下の失敗と日本軍による原爆収奪、これが意味するところについて説明があった。

この内容は会議が始まる直前に、参加者には伝えてあったが、改めて総理の口から発せられ会議参加者達はどよめいた。

ある者は恐ろしい武器が、敵により既に開発されていることへの恐怖心、また、ある者はその武器を手に入れたことへの期待感、それぞれが感じていることが、この会議の中で交差した。

「それで、これからどのようにされるか？」

平沼枢密院議長が訊ねた。

それに対し鈴木は、

「これまで連合国から出されていた、ポツダム宣言受諾要求は取り下げさせ、新たに米国と和平交渉を行う」

と答えた。

「そのような話にできますか？」

平沼は重ねて訊ねた。

「できる。また、しなければならぬ」

鈴木は力強く言い切った。

梅津参謀長は、

「今、沖縄において我が軍の兵士が大勢戦死している。この現状を打開するために、使用することも考えては如何か」

と切り出した。それに対し鈴木は、

「原子爆弾は、人類を滅亡させる最終兵器である。これを我が国が世界で初めて使用することは、連合国だけでなく、人類すべてに敵対することになるであろう。化学兵器使用に反対された、梅津大将の言葉とも思えぬが」

そう答えると、梅津は返す言葉もなく沈黙をした。

鈴木はここにいるすべての人を見渡し、これ以上質問がないと見るや、突然、天皇の前まで進み出た。

実は、会議が開かれる前に、天皇に対し裁断を願い出ることを伝えていた。

「陛下、ご聖断をお願い申し上げます」

天皇は立ち上がり、淡々と自らの気持ちを交えて、この戦争に対する考えと、また、和平の必要性について語った。

まず、戦局は大本営の発表とは異なり、完全に負け戦になっていること、平和を多くの国民が望んでいることなどを語り、最後に今こそ和平を実現して、復興の道に邁進すべきであると話した。

この言葉の重みはここにいるすべての者が感じていた。

この地下の会議室は、いつも外の音はせず静かであったが、特にこの瞬間は、シーンと耳鳴りが聞こえるほど静寂が包んだ。

しかし、暫くすると、ここにいる皆のすすり泣く声が聞こえだし、その内、所構わず大きな声で泣く者もいた。

まさに、天皇の気持ちに対する思いと、それぞれが感じている戦争への思い、一人ひとりのこれまでの苦労が複雑に入り交ざり、ひとつの表現となって現れた。

「ご聖断が下りました」

鈴木の声が会議室に響き渡った。

「それではこれよりは、連合国と我が日本帝国の和平について、皆様にご議論いただきたい」

と鈴木が言うと、

「何か総理に、腹案はありますか」

阿南が先陣を切って訊ねた。

「まず、米国と停戦を行います。次に、米国との直接交渉を、米国で行うため全権大使を選びます」

そう鈴木は答えた。

すると、枢密院議長平沼が、本当に停戦は実現するのかと訊ねた。

「実は、沖縄ではまだ一部戦闘がありますが、昨日から今日まで、あれだけ続いた大都市への爆撃が止まっています。恐らく、こちらが原子爆弾を所有していることを知っている米国が、爆撃を控えているものと思われます」

その言葉に誰ともなく、会議参加者から、「そう言えば、夕べは空襲警報が無かったな」という呟きが聞こえた。

平沼は重ねて、どのように停戦の申し出をするのかと訊ねた。

「今、スイスで藤村などが米国のダレスなる人物と接触しております。もう1つは、軽井沢のスイス公使館から仲介を得る。この2つの経路があります」

　と鈴木は答えた。

「停戦の期間は？」

　梅津が訊ねた。

「米国との交渉期間」

　と鈴木が答えた。

「その米国との交渉ですが、何処で誰が行いますか？」

　東郷外務大臣が訊ねた。

「場所は、米国の首都ワシントンで、誰が行うかは、全権大使となりましょう」

　これには東郷も少し驚き、

「わざわざ敵国で行わなくとも、第三国で行えば如何か？」

　と言った。

　これに対し鈴木は、

「これには2つの目的がある。1つはアメリカの世論を味方に付ける。2つ目は、我が国の輸送能力を米国に見せつけるためです」

　東郷は益々不思議そうに、米国の世論が味方になるのかと訊ねる。

「先ほども申し上げたとおり、原子爆弾は非人道の武器である、これを使用することは、人類に対する犯罪である。また、その一方で、その被害が自国にも及ぶことを認識すれば、米国世論は和平に動く」

鈴木はそう答えた。

東郷は尚も、輸送力を見せつけるとはどのようなことかと訊ねてきた。

「我が国が単に、原子爆弾を所持していても、それでは絵に描いたもちの如く、米国は危機感を抱かず、我が国の言葉にも耳を貸しません。しかし、我が国に手段があるとすれば、真剣に話を聞くでしょう」

その鈴木の説明に、また、梅津が口を挟んできた。

「それであれば、我が国は相当な要求ができるのではないか」

「原子爆弾は使い方を誤れば、我が国の滅亡を招く諸刃の剣と心得られよ。過ぎたる要求をすれば、米国世論に見放され、逆に我が国が原爆攻撃を受けるきっかけを与えることとなる」

「それでは、我が国の和平に対する条件を教えていただきたい？」

阿南が言う。

「これは、ここでは幅を持って決めておき、後は全権大使に委ねるしかない。絶対に譲れぬことは、国体の護持、この度の和平は敗戦にあらず、このためドイツのように外国軍の駐留は認めない」

「肝心の我が国の領土と権益は如何お考えか」

梅津が食い下がった。

「今、ソビエトが不可侵条約を破り、満州に侵攻しようと企てておる。ソビエトが参戦すれば、兵士ばかりか満州在留邦人にも多くの犠牲が出るであろう。だからある程度ソビエトにも妥協しなければならない。また、シナも連合国加盟国として、一定の発言力を持っており、場合によっては蒋介石とは妥協が必要である。よって満州国は3分の1をソビエトに、3分の1がシナとなり、残りの3分の1が我が国であるが、米国が承知せぬ場合は、それを米国主体の連合国による統治も考えておく必要がある」

「それでは我が国は満州における、すべての権利を失うこととなる」

梅津が大きな声を出した。

「満州鉄道の運営や、満州での利権は確保する。ここで米国ともめてソビエトの介入を許せば、我が国にとって最悪の結果となる」

改めて鈴木が説明する。

「朝鮮は如何されますか」

東郷が訊く。

「朝鮮は独立を認める。しかし、朝鮮における我が国の財産は認めさせる」

東郷は続けて、台湾についても訊ねた。

「台湾は我が国の領土として認めさせる」

「それでは、樺太は？」

と懸案になりそうな領土の名前が次から次へと出た。

「満州国を手放したので、手放したくはないが、恐らくソビエトは強行に出てくるだろう」

「米国も、南樺太・千島はソビエトに渡すと約束しており、まずソビエトは譲るまい」

「となれば、我が国の領土は、北海道・本州・四国・九州・沖縄・台湾とそれらに付随する島々となる。南方の石油資源も無く我々に生きる道はあるのか」

梅津は鈴木の案には反対であるとでも言わんばかりに大きな声で言った。これに対し鈴木は、

「いずれにせよ、我が国は既に南方の資源を失っており、それらを運ぶ制海権もなくしている。今後の我が国が生きる道は、平和国家として経済の建て直しを図り、貿易立国として国の復興に努めるしかないのです」

この言葉はここにいる殆どの者の思いであったが、これまでは口にできない言葉であった。

しかし、和平への聖断がこの言葉の後押しとなっていたため、もう軍人達も異を唱えなかった。

「それでは、誰に全権大使を務めていただこうか？」

と鈴木が言うと、間髪をいれず阿南が、「近衛公爵では」と切り出した。

会議参加者からは「彼は日米開戦の時の総理なので如何か」という意見も出たが、他に人材も見当たらず、阿南の意見で決した。

「では他に全権大使代理を2名付けたいが、私の案を申し上げる」

と鈴木から提案され、続けて

「一人は東郷外務大臣、もう一人は吉田茂君では如何か？」

と2名の名前が挙げられた。

しかし、この意見には、吉田は巣鴨の刑務所に入っておる人物であり、大使代理は疑問であるとの意見が多く出た。

その時、誰もがこの案に反対するものと思っていた阿南が、

「吉田さんはこれまでは、我々とは意見が違っていた。しかし、彼は愛国者であり、この難局を打開できる人物である」

と意見を述べると、

「確かに欧米の受けは良いのではないか」

との意見も出て、これも決した。

「それでは皆さん、これで概略を決めることができました。最後に詳細については、全権大使使節団を入れた、和平対策本部を設置します。国内組の役員は、本部長が私鈴木と副本部長平沼議長、後の役員は、阿南大臣、米内大臣、といたしますのでご了承ください。尚、皆様には和平に関して、全権使節に委任するとの委任状をいただきたい」

この鈴木の並々ならぬ決心と、この道しかないと思われることから、全員がこれに従った。

「これにて会議を閉会します」との鈴木の声に会議参加者全員が立ち上がり、天皇が会議室から出るのを見送った。

「早速ですが、官邸において会議を開きます」

鈴木は、和平対策本部のメンバーと宮嵜に声を掛けた。

車で官邸に入ったメンバーは、昼飯も食べずにいることも忘れていたが、事務官から、「総理、皆様の昼食如何いたしましょう」との問い合わせがあった。

「おー、そうか、じゃ、頼むよ」

鈴木はそう言って手配を頼んだ。

そして部屋に入ると腰を下ろすまもなく、「誰か、近衛公爵に連絡を頼む」と言い、また、別の事務官に、「おい、直ぐ巣鴨の吉田君を釈放させろ。そして、こちらに来るように伝えろ」と指示を出した。

そしてメンバーが腰を下ろすと、鈴木は皆に打診した。

「全権大使の同行補佐官だが、この宮嵜君とスイスの藤村君、それに陸軍で中国に詳しい今井少将に頼もうと思うが？」

メンバーからは、「お任せいたします」との返事であった。

「それでは阿南さん、直ぐに今井少将を呼び戻してくれんか」

「はい、電話をお借りします」

阿南は陸軍省に電話をした。

「藤村君はスイスから直接現地集合だな。日程が決まれば連絡してくれ」

鈴木は米内に言った。

その時、事務官が入ってきた。

「総理、急ぎでしたので、盛りそばしか用意できませんでした」

「それで充分じゃ。それでは皆さん、食事にするか」

何か急にバタバタとし始め、そこに、この仕事の難しさを感じていたが、誰も嫌な思いは無く、むしろ高揚感に浸っていた。

「総理、こうして皆で食っていると、学生時代の合宿場にいるようで、若い頃を思い出しますね」

そう東郷が言うと、この意見に誰もが頷いた。

1時間もせぬ内に近衛が、それから30分で吉田が来た。

「近衛公爵と吉田君にもう一度状況を説明しておこう」

鈴木は2人にこれまでの経過を話した。

「陛下の御意思は和平にある。何としても実現して欲しい。ただ、内戦などの混乱は避けたい」

「国体の護持、外国軍の駐留を許さず裁判権維持、ここまでは何とかなります。しかし、中国の権益を守れず、満州国解体、領土の縮小となれば、軍の急進的立場の者が承知せず、内戦となる可能性があります」

と近衛は言った。

「軍は、阿南君と米内君に何とか抑えて欲しい」

鈴木は懇願するように言った。

これに対し阿南は、

「私は命を差し出す気持ちでいます、しかし私の命で納得してくれるか」

と答えた。

「そのような者がいれば、反逆者として処罰します」

米内が言う。

「全権大使使節団は和平を、我々は国内を何とかしよう」

鈴木も自分に言い聞かせるかのように言い、

「では、これより米国に和平の意思を伝えるが、その内容をどうしようか？」

と出席者に問いかけた。

そこで宮嵜が発言する。

「それでは私の案を申し上げます。米国に対しては、直接交渉を希望すると伝え、議題は1、和平について、2、原子爆弾の処置についてと伝えます」

「それで米国が乗ってくるのか」

吉田が訊ねた。

「乗ってきませんが、何かを言ってきます」

宮嵜が答えると、

「何を言ってくるのかね」

再び吉田が訊ねた。

「何を言ってきても、米国の心理を測ることができます」

と宮嵜が答える。

すると鈴木が、

「では、スイスの藤村中佐に電報を、また軽井沢のスイス公使に連絡を」

と言った。

それから、5時間後のワシントンでは、

「潜水艦を見事に沈めたが、あれはFAKEだな」

トルーマンは悔しそうに言った。

「先ほどスイス大使館から連絡があった。日本は和平について話し合いたいと、スイスに仲介を頼んだそうだ。勿論、原子爆弾についても」

と和平の申し出があったことを政府のメンバーに伝えた。そして、

「原爆を使いたいなら、使えばよい。日本が二度と立ち上がれぬほど、痛めつけてやるだけだ。日本へは、まず原爆を返せ、話はそれからだ、とでも伝えてやるか！」

と言った。

このときアメリカ政府には、まだ押し迫った危機感はなかった。

「大統領、それで良いでしょう、彼らに次の一手はありません。妥協するにしても、ポツダム宣言受諾後に、食料援助をするぐらいです」

バーンズ国務長官が同調する。

「ただ、沖縄で使われると相当な被害が出るぞ」

スティムソン陸軍長官が言う。そして、

「日本の要求について検討するため、グルー君を呼ばれては」

と付け加えた。

スティムソンは3人委員会で、ともにポツダム宣言の内容を検討した、元駐日大使の名を挙げた。

トルーマンは、

「そうだな、誰かジョセフを呼べ」

とそばにいる事務官に伝えた。

それから1時間ほどしてグルーがホワイトハウスに現れた。

顔を見せたグルーにトルーマンは開口一番、

「ジョセフ、日本の真意が何処にあるか知りたい」

と訊ねた。

「恐らく、天皇制の維持であります。細かなことは別にして、彼らの最大の関心はここにあります」

グルーは確信を持って説明した。

「ポツダム宣言作成の折、君の話で、日本の赤化防止と日本統治を容易くするため、天皇の利用が必要との報告を聞いたが、私はこれまでの天皇制を残すことでは認められない」

トルーマンはきっぱりと言い切った。

「彼らも、これまで通りとは考えていないでしょう」

グルーは答えた。

「君は、話し合いをすべきだと考えるか」

トルーマンは訊ねた。

グルーは直ぐに、その価値はあると答えた。

「ただ、今の状況で話し合いに応じれば、彼らに間違ったメッセージを送ることになります」

そこにバーンズが口を挟んだ。

「しかし、無視をして追い込めば何をしでかすか」

フォレスタ海軍長官が言う。

トルーマンは暫く目を閉じ、顔を天井に向け悩んだ様子であった。

そして、眼を開き、顔を皆に向けると、

「あからさまに原子爆弾について話し合うとは言えぬので、解決について案があれば示すようにと伝え、それを検討して回答する、では如何か？」

「日本は案を出しますか」

バーンズが訊ねた。

「出なければ、無視するだけだ」

トルーマンは答えた。


この回答が日本の官邸に入ったのは夜10時を回っていた。

「彼らも行き詰っています」

宮嵜は言った。そして、

「今、動いた方が損をするように思います」

と付け加えた。

「しかし、無視もできまい」

と吉田が言う。

「私に考えがあります、暫くお時間をいただきたい」

宮嵜が答える。

「あまり時間は無いぞ、返事が無いものとして対応されては、元も子もない」

と吉田は焦っているようだった。

「こちらは深夜であり、直ぐの対応を期待していないだろう」

鈴木が言う。


その頃、日本のスパイでスペイン人のベレスコは夕方のスイスにいた。

日本海軍の中国国内にいるスパイから、アフガニスタンでエノラゲイ搭乗員捕虜と原子爆弾リトルボーイの写真を受け取り、そのまま飛行機でスイスに入った。

日本海軍のスパイは陸軍ほど活発ではなく、殆どのルート開拓も自分で行うほど、海軍の援助は期待できなかった。

今回の輸送も3人のスパイが、自分で開拓した伝を頼り、それぞれが別ルートで運んできたのであった。

ある者は鉄道で、あるものは飛行機で、そしてトラックを使う者もいた。

ルートについても、パキスタンから入る者、中国のウイグルから入る者などまちまちであった。

たまたま飛行機を使ったスパイが早く到着してベレスコと接触できたため、写真を早く渡すことができ、ベレスコも予定より早くスイスに入れた。

ベレスコは事前に接触をしていた、スイス人記者とホテルベルビューで待ち合わせをしていた。

記者はドイツ系のヘルゲルという男で親日的であった。

記者の方からベレスコを見つけ、「オー、ベルスコ」と声を掛けてきて2人は抱き合った。

「何か良いネタがあるかね」

「勿論さ、とっておきのネタさ」

「戦争が4月に終わって、すっかり平和になったよ。この町も人が少なくなった気がするよ」

「ヨーロッパでは終わったが、アジアではまだ続いているよ」

「しかし、日本もがんばるね、最近は自爆攻撃をしているそうだね」

「実はその日本からの情報さ」

「あーそうか、でも、ヨーロッパ人は興味が無いよ」

ヘイゲルは冷たく答える。

「確かに、でもこれはヨーロッパ人も興味が湧くネタだよ」

ベルスコは自信ありげに言った。

「それは、何かね」

「まあ、これを見てもらおうか」

そう言って、ベルスコは4枚の写真を出した。

ヘイゲルはその写真を見ても意味が分からないようで、何の写真かと訊ねた。

「君は原子爆弾を知っているか」

「あ～、ドイツが開発を進めていたが、出来上がる前にベルリンが陥落した、あの新型爆弾か？」

「そうさ、当然連合国も開発を進めていたのさ。これ一発で大きな都市も全滅さ」

ベルスコはヘイゲルの顔色をうかがいながら言った。

「この写真に写っているのが原子爆弾かい？」

ヘイゲルはたまげた様子で大きな声を出した。

「シー、静かに」

ベルスコがヘイゲルの口を押さえた。

我を取り戻したようにヘイゲルは、うん、うんと頷いた。

「それで、この写真がなぜ日本から届いたんだ？」

やはりまだ腑に落ちないのかヘイゲルは訊ねた。

「実はアメリカはこの新型爆弾で日本の廣島を爆撃しようとしたのだが、失敗して日本に奪われてしまったのさ」

「エー」

また大きな声でヘイゲルは驚く。今度は目配せで、その声を制止した。

「すまない」とヘイゲルは小さな声で謝った。

「一体、日本はこれをどうするつもりだ」

「さーてね？　私はそこまで知らないよ」

ヘイゲルは無言のまま一人頷いていた。

「で、私がこれをもらう条件は？」

「そんなもの、何にも無いよ、ただ渡す限りは記事にして欲しい」

「勿論さ、明日にでも記事になっているよ」

「それでこそ、君に渡した甲斐があったよ」

そう言って2人は眼を見つめあい、握手をして別れた。

## 5日目（8月10日）

それから15時間が経った、アメリカ時間8月9日午前2時頃、サンフランシスコ沖50海里に日本の空母型潜水艦の姿があった。

月の明かりの中、不気味にその黒い船体が、見え隠れしている。

小型水上爆撃機が海上に下ろされ、今、エンジンがかかりプルペラが回り始めた。

これより3時間前には、人間魚雷回天がサンフランシスコ港を目指し、既に出撃していた。

やがて、小型水上爆撃機は、海の上を滑走して大空へと飛び立った。

午前2時半サンフランシスコはまだ眠っていた。

港にはアメリカ海軍の駆逐艦が停泊しており、それを目指し海中を2艘の回天が進む、中にはまだ10代と思える少年が、真剣な眼差しでじっとその駆逐艦を見つめている。

やがて、前を進む回天が目標10メートルに迫り、若者は「天皇陛下万歳」と叫び米艦に体当たりした。その20メートル後から進んでいた回天も「お母さーん」と叫び、同じ船に命中、すると大きな火柱と水柱が空中高く舞い上がった。

やがてサイレンが鳴り響き、周りの船や港の家々にも灯りがともり、サンフランシスコ港は、さながら昼間のように明るく、また、騒がしくなった。

それはサンフランシスコ上空を行く小型爆撃機からも確認でき、パイロットはそちらに向き敬礼をした。

やがて爆撃機の前方に金門橋が見え、自動車が1台だけその上を走っているのが確認できた。

爆撃機は金門橋の上を道沿いに飛び、爆弾を1つ落とすも、はずれ、爆弾は海中に落ちてから爆発した。水しぶきが上がり、道路を走る車に大量の水がかかり、運転手は驚きハンドル操作を誤り、ガードレールを突き破り海へ落下した。運転手はあわてて車から飛び出た。

爆撃機は体勢をたて直し、今度は反対側から、橋に向かって降下、パイロットは無言のまま橋だけを見つめて、そのまま橋に突っ込み、橋は真ん中から引きちぎられるように、海に落ちていった。

パイロットが橋に突っ込む前に打電していたのか、50海里離れた潜水艦は、作戦の成功を確信したように、潜水しながら引き上げていった。

それより数時間が過ぎ、サンフランシスコは朝を迎えていた。

郊外の白い一戸建ての家では、この家の主らしき白人男性が、目覚めて、いつもの朝のように、パジャマ姿のままダイニングの椅子に腰を下ろし、新聞に眼をとおしていたが、突然「オーマイガット」と叫んだ。

そこには、「アメリカ原子爆弾日本に奪われる」とか「爆弾1個で大都市全滅」といったセンセーショナルな見出しが載っていた。

男性は立ち上がりラヂオのスイッチを入れると、そこからは昨晩のサンフランシスコ港の駆逐艦爆撃と、金門橋の爆破の報道が流れてきた。

彼は再び、「オーノー」と叫んだ。

その時、ドアが開き、妻が家の中に入ってきた。

「あなた、外は大変なことになっているわよ」

妻のその言葉に、男性が窓から外の様子を見ると、そこには大勢の人々が、車や馬車に沢山の荷物を載せて、東に移動し始めていた。

男性があわてて外に飛び出してみると、人々の列は延々と続いていた。

これは、ロサンゼルスでも、また、西海岸だけでなく東海岸でも、人々は内陸に避難しようとパニックになっていた。

その頃ホワイトハウスでは、スティムソン陸軍長官がバーンズ国務長官にすごい剣幕で噛み付いていた。

「報道規制はできなかったのか？」

「内容が内容だから今回は規制できないだろう」

と黙っているバーンズに代わりトルーマンが答え、そして、

「何とかこのパニックを終わらせよう」

と冷静に言った。

「日本の和平交渉要求に応じるしかないのでは」

フォレスタル海軍大臣は言う。

「それは彼らに間違ったサインを出すことになる」

バーンズは答える。

やがて大統領が口を開いた。

「いや、パニックを収めることを最優先に考えなければ。直ぐに停戦を実施しよう。そして日本と和平交渉しよう。日本に電報を打って欲しい」

「原爆が彼らの手に渡ってから見事な作戦だ。一体誰が指揮をしているのか？」

スティムソンは言う。

それは今までの、硬直した日本の発想とは違うことを、ここにいる誰もが感じていた。

「彼らはノーペアの手にジョーカーが配られ、ストレートになったようなものか。しかし、我々は既にロイヤルストレートフラッシュになっている。勝負にならんさ」

とポーカー好きのトルーマンは洩らし、そこにいる一同が頷いた。

日本では夜9時を回っていた。

「総理、来ました」

事務官が息を切らせて会議室に飛び込んできた。

そこには和平派の作戦を練る鈴木総理をはじめ和平推進メンバーが集まっていた。

「鈴木総理、米国より和平交渉承諾の電報が参りました」

「宮嵜君、君の作戦が功を奏したようだ」

「有り難うございます。しかし、勝負はこれからです」

「では、次の手は?」

鈴木が宮嵜に訊ねた。

「まず、和平交渉は米国の首都ワシントンで行います。米国までは我が国の飛行機で行くので、領空通過の許可を求めてください。交渉は、現地時間の8月12日午前10時よりはじめます」

「よし分かった、直ぐに電報を打とう」

鈴木は事務官に直ぐ電報を打つように指示をした。

「しかし、最近不穏な動きが陸軍急進派を中心にあると聞く。実はこれ以外にも、石原莞爾が東京に来ているらしい。彼がこれらの将校とともに動くようになれば厄介だ。和平交渉を邪魔されんとも限らず、特に和平交渉団の人達の命が狙われることも考えられる。その警護のためどこか1箇所に皆で寝泊りしたほうがよいのではないか」

「総理それでは小林旅館は如何ですか」

事務官が提案する。

「あそこは、こじんまりしていて警護しやすいのでは、うん、あそこにしよう」

「では、皆さん今晩からお願いします」

事務官が言った。


その頃、総理が言ったように陸軍急進派は、陸軍参謀本部の会議室に集まっていた。

軍事課長である荒尾大佐を中心に軍事課・軍務課に所属するエリート将校達10数人である。

荒尾が口火を切った。

「このところ政府首脳の動きがおかしい。これまではポツダム宣言受諾についての論議が中心議題であったのに、最近は何をしているのか何も情報が入ってこん」

「このところ主要都市への爆撃がまったくない。何か、様子がおかしいのでは」

軍事課の井田中佐も不審げに言う。

「我々の知らないところで何かが起きている。このことには、海軍の宮嵜大佐が関与しているのではないか。最近、宮嵜大佐は頻繁に、官邸や皇居に出入りしているようだ」

軍務課の竹下中佐が告げる。

「そう言えば、最近四国沖で米軍と小規模な戦闘があったが、それが何か関係しているのではないでしょうか」

航空仕官の上原大尉は言う。

「一体何が起こっているのか、四国あたりから調べてみよう」

荒尾のその一言で、彼らは担当を決め、今後の対策を打ち合わせした。

そして、彼らの動きがとんでもない人物をこの争いに巻き込むこととなる。

彼の名は、石原莞爾と言い、元関東軍の参謀で柳条湖事件にも関与し、元総理東條英樹の天敵とも言える人物である。

現在彼は、東條によって陸軍を現役から追われ予備役となっている。

彼の今現在の活動は、宗教活動を中心に思想家として、多くの門人を持ち、政財界に限らず、軍人や官僚の中にも彼に師事する者は多く、未だに世の中に影響力を持つ人物であった。

しかし、軍人時代から変わり者で通っており、今も香具師の元締めなど闇社会とのつながりも持っており、彼に近づきたがらない人達も多くいた。

しかし、陸軍急進派の椎崎中佐は彼の情報収集能力を頼り、石原を彼の宗教拠点に訪ねてきた。

石原は椎崎の顔を見るなり、

「参謀部軍務課の御偉いさんが、わしのような満州浪人を訪ねてきても大丈夫かね」

と少し陸軍の自分に対する仕打ちをからかうように言った。

「ご無沙汰して申し訳ありません」

椎崎自身も陸軍の派閥で言えば、阿南派に属しており、東條派とは敵対関係にあり、その意味では石原に悪い感情を持っている訳ではなかった。

「今日は、石原閣下に色々と教えを賜ろうと参りました」

椎崎は、自らの本心を悟られぬように言葉を濁した。

「わしのような者が、教えることなどないと思うが」

石原は、へりくだり答えた。

椎崎は今の戦況などを述べるとともに、ポツダム宣言受諾に動きそうな政府への不満などを話した後、話を切り出した。

「ところで、閣下は最近の政府の不審な動きについて何か掴んでおられますか？」

石原は、まったくそのような情報は聞いたことはなかったが、ここで話を終わらせたくないので、少しぼやけた返事をした。

「政府とは常に不審な動きをするものだよ。君がどれのことを言っているか解らんが」

椎崎は核心に入って訊ねた。

「海軍の宮嵜大佐の絡む件です」

「宮嵜？　あ〜、あの葛城の艦長か？」

「そうです」

「彼はなかなか優秀な軍人だと聞くが？」

「宮嵜大佐が何らかの作戦を実行して、それから戦況が少し変わりました」

椎崎は石原のお惚けに痺れを切らせたようにまくし立てた。

この時、石原の眼は鋭く、まるで獲物でも狙うように椎崎の口元を見た。

「戦況がどのように変わったのかね」

椎崎は何となく背筋が寒くなるようで、蛇ににらまれた蛙のように、なすすべもなく石原の質問に答えた。

「何となくですが、米国の攻撃が弱くなっているような気がします」

「具体的には？」

すごい眼力でさらに聞いた。

「はあ、沖縄戦も、攻撃より防御に回っているようです。特に、宮嵜大佐が東京に来てからは、空襲が殆どありません」

う～ん、と唸り、石原は腕組みをした。

「わしに任せろ、一度情報収集してみよう」

そう言って椎崎の肩を叩きながら、まるで退室を促すようにドアに導いた。

明らかに石原が一枚も二枚も上であった。

石原の嗅覚はこの話に何かをかぎつけ、顔は上気し赤くなっていた。

石原は直ぐに動いた。

彼の周りには彼の手足になって動く人間が沢山おり、しかもそれらは全国各地にいた。

石原は初めに四国の香具師の元締め山根武左衛門に電話をした。

山根は52歳で石原より4歳若く、小太りで脂ぎった赤ら顔の男で、元々神社仏閣の露天商を取り締まる所謂テキヤの親分であったが、日中戦争が始まってからは、港の荷役の仕事に手を伸ばし勢力を広げていた。

一方で信仰心も強く、石原の弟子と称し宗教活動をしていた。

「山根さん一つ頼まれてくれんか？」

石原は民間人に者を頼む時は決して命令口調にならないように気を使っていた。

「先生のお頼みであれば」

山根は電話の向こうで小さくなって答えた。

「最近、四国の海上で何か変わったことがなかったか、調べて欲しい」

「へい、解りました、直ぐ調べます」

その後、全国各地の海軍基地近くの弟子に連絡をして、何か変わったことはなかったか調べさせた。数時間すると石原の下へ全国各地から色々と情報が届き、その中から重要と思われるものを精査した。

すると一つの事実が見えてきた。

山根から届いた情報は、港の荷役人夫で漁師と掛け持ちをして働く者からの情報で、8月6日にこの漁師が四国沖で漁をしていた時、米国のＢ29が日本軍の攻撃を受け、海上に不時着し、その時この飛行機から投下された爆弾が、彼らが漁をしていた網に引っかかり、それを海軍が持っていったという話である。

もう一つの話は、嘗て石原が関東軍参謀をしていた頃、彼が戦地を移動するのに使っていた、サイドカー付バイクの運転手で、石原の身代わりで肩に銃撃を受けた本山兵長からであり、彼はその怪我が原因で左腕を切断したため軍を除隊して、石原の紹介で陸軍病院の事務員として働いていた。

彼の情報は、8月9日の朝に日本軍と米国との間に戦闘があり、多くの水兵が病院に運ばれてきたという話であり、その水兵は潜水艦勤務という情報であった。

その他には、呉の海軍基地そばに住む者から8月7日に潜水艦が2艘港を出港していったという連絡が入っていた。

石原はこれらの情報から次の仮説を立てた。

それは、日本海軍がアメリカより、戦況が一変させるような新型兵器を奪い取り、その新型兵器は石原が嘗て考えていた、最終戦争理論にあったような、一発で大都市を破壊するような兵器、すなわち原子爆弾ではないかという推論であった。

そして、その兵器を海軍が潜水艦に隠したが、その情報がアメリカに漏れ、それを奪い取ろうとしたアメリカと一戦交えて、多くの死傷者が出たのではないかというものであった。

その仮説は大きくは外れていなかった。

今、その兵器は何処にあるのか、考えられることは、アメリカは奪い返せなかったということであり、だからこそ今も大都市への爆撃は行われてないのだと思った。

もし、それが事実とすれば、彼は何としても原子爆弾を奪い取り、それを満州に運び出し、満州独立を世界に認めさせる道具にしたいと考えた。

彼は大のアメリカ嫌いであるが、満州をアメリカのように多民族国家として独立させて、アメリカとイギリスの関係のように、日本と満州との関係を築くことで、北東アジアと日本の安定に寄与すると考えていた。

彼はもう一つの仮説を立てていた。

それは呉港を出た潜水艦は2艘であり、その内1艘が撃沈して尚も、アメリカが原子爆弾を取り戻せなかったのは、きっともう1艘に積まれているからだと考えた。

しかし、どのように航行中の潜水艦から奪い取るのか、それは難題だった。

彼の戦死した弟は海軍にいたので、海軍にもそれなりの人脈は持っている。

とりあえず、軍令部に行って何かヒントを得ようと彼は動き出した。


今はもう夜の7時でさすがに軍令部の建物もひっそりとしていた。

特に最近は空襲がないにしても、室内の灯りが漏れないように、窓にはしっかりとカーテンがしてあり、そのため建物近くの道路も、僅かに沈みかけた太陽の明りだけで薄暗く感じた。

入り口には衛兵が立っており、如何に石原でも無断で入ることははばかられた。

その時、建物から富岡定俊大佐が出てくるのが見えた。

彼とはこれまでも良く議論を交わした仲であり、友人と言えるほどではないが顔見知り以上ではあった。

石原が出てくる富岡の前に何気なく立つと、

「やー、石原さんではないですか、お久しぶりです」

と富岡の方から声を掛けてきた。

石原は上手く立ち回り、富岡の部屋に招かれるように仕向けた。

石原は何気なく世間話をしながら、潜水艦の情報を得ようと考えていた。

「ところで、富岡君、わしはどうしても解らんことがあってここに来たのだよ」

「何ですか？」

「詰まらんことさ、でも気になると眠れなくなるたちでね。潜水艦だよ、作戦中など無線が使えんときの連絡はどうする？」

「まあ、色々ありますよ。例えば、手旗信号、或いは、命令書を海上で直接渡すなど、色々ですよ」

「重大命令を受けていて、潜水艦内の状況を確かめたくて尚、無線が使えない場合は？」

「めったにないことですが、命令書と報告書のやり取りをすることがあります」

「そんなことがあるのかね？」

「実はここにその命令書があります」

そう言って富岡は金庫を指差した。

「ほう、そうか。しかし船と船で物資のやり取りを綱でするのは見たことがあるが潜水艦と船でできるのかね」

「実はゴムの袋を使ってするのですよ」

「ゴム？」

富岡はその内金庫を開け始めた。

自分の机から鍵を出し、石原の前でダイヤルを回し始めた。

そしてゴムの袋を出し、「ここに綱をつけてグルグルまわして潜水艦に投げるのですよ」と自慢げに話した。

石原は、うん、うんと頷き聞いているようであったが、頭の中はダイヤルの番号でいっぱいになっていた。

「あ〜、良くわかったよ、これでゆっくり眠れるよ」

そう言って、富岡の部屋を出た。

ちょうどその時、その2人の姿をたまたま通りかかった、軍令部次長大西龍治郎中将が見かけ、石原と別れた富岡に声を掛けた。

「今のは、石原莞爾じゃないか。何しに来た」

「潜水艦について教えて欲しいとかで、色々と」

「詰まらん奴とあまり関わるな」

大西はそう言って、そのことを豊田総長に報告した。

豊田は潜水艦のことを聞きに来たことに引っかかり直ぐ、官邸にいる米内に電話を入れた。

そのことを聞いた米内は血相を変えて、直ぐに宮嵜に伝えた。

「宮嵜君、やはり石原が現れたようだ」

「何処にですか？」

「軍令部だよ」

「軍令部？　それで何か不審なことでも」

「たまたまいた、富岡と話をしたようだ。それを見かけた大西次長が豊田に伝え、俺に報告があっただが」

「何の話をしたのですか」

「潜水艦について、色々と」

「えっ、何か気取られたのではないですか？」

「可能性、大いにありだな」

「ともかく用心しましょう。それと私がアメリカに立った後、何かあれば東京警視庁の刑事部吉川に何でも御命じください」

その時事務官から声が掛かった。

「小林旅館が準備できたそうです、皆さん今から車でお送りします」

それを合図に、全権使節は車に乗った。

小林旅館に着くとそれぞれが部屋に分かれ休むことになった。


その小林旅館を吉川が訪ねてきた。

建物の周りは警備の兵隊で物々しく警護され、アリ一匹入れないようであった。

使節団の家族が着替えなどを持って面談に来ていたが、直ぐには入れてもらえず、列を作って並んでいたので、吉川も並んだ。

やがて吉川の順番となり、要件を訊ねられたので、宮嵜より呼び出され訪ねてきたことを伝えると、兵隊は建物に入り電話をかけてから、「お入りください」と招き入れた。

建物に入ると、そこは旅館と言うよりホテルという趣であった。

この旅館は最近まで、京品ホテルとして知られており、むしろその名の方が有名であった。

小さなロビーは人が溢れるほど沢山いた。

4階建ての4階に宮嵜の部屋はあったが、幸いにも宮嵜の部屋は階段を上がって直ぐの部屋であった。

ノックをすると直ぐにドアが開いた。

「ヨオー、すまん、すまん、わざわざ来てもらって」

宮嵜は笑顔で吉川を迎えた。

「大変な警護だな」

「陸軍の将校の中に俺達のしていることをよしとしない者がいるようなのでな」

「この様子からすると出発は近そうだな」

「用意ができれば明日にでも。その前に、お前には迷惑を掛けて、礼も言ってなかったので」

そう言って宮嵜は1升瓶を出してきた。

「実は、迷惑ついでに頼みがある」

「何だ、何でも聞くぞ」

「石原莞爾のことだ」

「それは、大物だな」

「そう、強敵だ、この頃我々の周りを嗅ぎ回っているようだ。とにかく、動静を見極め、何かあれば、直ぐに身柄を押さえて欲しい。くれぐれも、頼むぞ、何かあれば米内大臣に相談してくれ」

「分かった、しっかり対応するよ。それよりその酒早く飲ませろ」

「これは失礼、肴はスルメぐらいだが、酒は灘の生一本だ」

「さすが海軍さん、良い酒を持っているな。我が故郷の酒か」

宮嵜はグラスに酒を注いだ。２人はグラスを合わせニッコリ笑った。

「お前さん、こんな時普通は家族を呼ぶだろう」

吉川はあきれたように言う。

「家の連中は、女房の実家に疎開していて、ここには来れないよ」

「俺のこんな顔でも慰めになれば、しかし、最近は空襲もなく、近所の連中は喜んでいるよ」

少しおどけた言い方だが、吉川の眼は真剣であった。

「確か戦争が始まるまでは、今時分に、隅田川の花火大会があったな」

そう宮嵜が言うと、吉川は立ち上がり窓の前に立ち、黒いカーテンを少し開けて、夜空を見上げた。

「懐かしいなー、家族でよく行ったなー」

「そうだ、お前のところの細君と子供達元気にしているか？」

これまで忙しく聞きそびれていたことを訊ねた。

その時、吉川の顔が少し曇った。

「今年の4月に長男坊が戦死したよ」

「えっ、確か15、6じゃあなかったか」

宮嵜は驚き訊ねた。

「17さ、親に相談もなく、航空隊に志願しやがって、沖縄で……、特攻で……」

「そうか」としか宮嵜は言えなかった。

暫く沈黙が続き、やがて、

「世間の皆様は褒めてくださるが、女房の奴……落ち込んでナ。俺まで落ち込んじゃあ、残った娘たちがかわいそうで」

と吉川は弱々しく洩らす。

宮嵜はそんな吉川の様子をじっと見つめていた。

「きっとこの戦争終わらせてくれよ」

「きっと終わらせるよ、そして隅田川で花火大会をするんだ！」

「それは良いや、きっとそうしようで！」

2人は夜遅くまで酒を酌み交わし、たわいない昔話に花を咲かせた。

## 6日目（8月11日）

その頃昼過ぎのワシントンでは、

「大統領、日本からの返電が参りました」

スティムソンは電文を手にして言った。

「いつ、何処で開こうと言ってきた」

大統領は訊ねた。

「8月13日10時ワシントンで、と書いています」

「第三国を選ばずワシントンとは」

「それで、相手のメンバーは？」

「全権大使が近衛公爵、大使代理に東郷外務大臣と吉田茂、補佐官に今井少将、宮嵜大佐、藤村中佐です」

トルーマンはグルー元駐日本大使に訊ねた。

「君はどう思うかね」

「日本の和平への並々ならぬ決意を感じます」

グルーは答えた。

トルーマンは不思議そうに、何処にそれを感じるかと訊ねた。

「メンバーにミスター吉田がいることが1つ。補佐官は軍人ばかりですが、これまで和平に努めた者達です。ただ、宮嵜については、私は存じ上げない」

その時、O・S・Sのドノバン少将が発言した。

「彼は嘗て、我が国に日本の諜報機関を作り国外退去を命じられた男です。恐らくこの度のB29撃墜にも関与したのではないかと、疑っています」

「なるほどジョーカーの持ち主か」

大統領は頷いた。

「日本が和平を望んでいるなら解決の道はある、しかし、互いに茨の道だ」

大統領の言葉にその場にいた全員が、やがて来る和平という戦いに、身を引き締まる思いであった。

「それでは、我々が日本に望むことを話そう」

そう言って会議が始まった。


それから8時間、日本の羽田国際飛行場は物々しい警備がされていた。

その中、数台の黒塗りの車と、その警護と思われる軍のトラック、バイクが車列を組んで滑走路に向かって走ってきた。ゲートがスーッと開き殆ど建物の無い広大な敷地に爆撃機らしい一機の飛行機があり、その周りに人々が集まっていた。

鈴木総理が燕尾服姿で、これから和平交渉に向かう使節団と握手を交わしていた。

「頑張ってください。良い結果を待っています」

そう声をかけ、一人ひとりの手をしっかり握っていた。

その内、飛行機のエンジンがかかり、プロペラが回ると殆ど言葉は聞き取れなくなった。

使節団はタラップと言うより、はしごと言ったほうがよい踏み台を上がり、残った人々に手を振り搭乗した。

　人々が飛行機から離れると滑走を始めた。

飛行機は傷んだ滑走路とエンジンのため、羽がちぎれるのではないか、と思えるほど揺れた。

「宮嵜君大丈夫かね、この飛行機で無事米国まで着けるかね？」

隣の吉田が訊ねた。

　宮嵜は、「はあ、問題ないかと」と答えたが、エンジンの騒音が機内まで響き、言葉が聞き取れないのか、吉田は顔をしかめた。

「爆撃機を急ごしらえで改造したため、乗り心地は悪いですが、大丈夫です」

　宮嵜は改めて大声で言った。

「そうか、君を信じるしかないな」

　吉田は手を口に添え、宮嵜の耳にあてて大声を出した。

「ところで、この度の開戦について、なぜ避けられなかったか、君はどう思う？」

　と突然、核心から質問が浴びせられた。

「細かな理由はさておき、本質で申せば、維新以来80年、我が国の官僚制度が硬直化して、柔軟な対応ができなかったのが原因と思います」

「では、この度の和平、米国の落とし所はどこにある？」

「日本が再び米国と戦わないこと」

「そんな約束できるか」

「それが吉田さんの役割かと存じます」

「俺の役割？」

「あなたは、旧態依然とした、我が国政府を変える方です。少なくとも、米国人はそう見るでしょう」

「う〜ん……、大きな変革は混乱を招くのではないか？」

「維新にも混乱はありました。できるだけ、血を流さずに改革ができれば」

「無血革命か。は、は、は……」

吉田は笑った。


その時、宮嵜らが発った日本では、宮嵜が一番恐れていた事態が起ころうとしていた。

早速石原が動き出した。

石原の東京の滞在先である、彼らが教会と呼ぶ、宗教団体の拠点には、石原の弟子と称する連中が大勢出入りしていた。

吉川は数人の部下と張り込みを続けていたが、あまりの人数にそれらの者達の身元を掴むことは不可能であった。

「吉川警視、これでは手の打ちようがないですね」

若い刑事が言った。

「そうだな、知った顔があるか注意しろ、的を絞るしかないだろう」

困惑した顔で吉川が答えた。

その時、部下の一人が声をあげた。

「あっ、あいつ見覚えがありますよ」

「どいつだ？」

「ほら、あの男3人づれの真ん中、鉢巻をした男です。そうだ、前科7犯のドロボーで、とぼけのトンキチとか言われていた、上田十郎ですよ！」

「ドロボーか？　おい、出てきたら後をつけろ」

それからも20人ほどの男女が出入りしていたが、知った顔はなかった。おそらく全員が変装をしているようであった。

2時間ほどすると、中から人が出てきた。

「あの～とぼけとか言った奴、見逃すなよ」

「はい、出てきました、後をつけます」

「じゃ、山田と2人で行け。住田と赤城は残って見張りを。俺と佐藤は石原を尾行する」

暫くして石原も出てきたが、彼は自転車に乗っており徒歩では尾行は困難なため、とりあえず、車で尾行を始めたが、あまりにも目立ちすぎた。

石原も直ぐに気がついたようで、何度か後ろを振り返っていた。

その内、自転車は止まり、車を止めると、石原は歩いて吉川達の車に近づき、ニコニコしながら、「何か用かね？」と言った。

吉川達は何も答えず立ち去った。

「奴をなめすぎたな。こちらの顔まで見られたぜ」

吉川は若い佐藤に言うより、自分に言い聞かせるように言った。

本部に帰ると、とぼけのトンキチをつけていた山田が戻ってきた。

「ねぐらを突き止めました。麹町の長屋ですが、一人暮らしのようです。このご時勢では、泥棒商売もできず、今は例の教会で2食をいただいて、命をつないでいるようです」

「しかし、まだ30前に見えたが、兵隊に行かなくていいのか」

吉川が訊ねた。

「いや、胸を病んでいるようで、もう永くは持たないと近所でも評判です」

「そんな命知らずが、傍に居るのか、恐ろしいな」

と吉川は改めて石原への恐怖心を抱いた。


それより遡ること、10時間ほど前、参謀本部の会議室では、急進派の将校達が集まっていた。

「四国沖の件、何か掴めたか？」

荒尾大佐が言った。

「その前に報告があります」

畑中少佐は重大なことを掴んでいると、その場に居る全員が感じた。

「何だ、話せ」

荒尾が言った。

「間もなく大本営より発表されます内容について申し上げます。我が国と米国は停戦に合意し、近日中に米国ワシントンで和平交渉を行います」

そこにいる誰もが立ち上がるほどの驚きを感じた。

「昨日までポツダム宣言受諾による、無条件降伏と言った米国がなぜ」

「そのことが四国沖の戦闘と関連していると思われます」

「これはまだ、公式に発表されていませんが、スイスの新聞記事によれば、米国が原子爆弾を開発して我が国を爆撃しようとしたが失敗して、我が国に原子爆弾を奪われたとの報道があったと聞きます。四国沖の戦闘は、それを米国が取り戻すために、仕掛けたものと思われます」

「それで、米国に奪い取られたのか？」

「その後、米国には何の動きも無く、日本の和平交渉を受け入れたことから察するに、それはまだ日本にあると思われます」

そこにいる誰もが、お互いの顔を見合わせ話し始めた。

「皆、聞け」との荒尾大佐の言葉に、稲葉中佐も「静かに」と言った。

「もし、原子爆弾があれば戦局は一変できるぞ。今、沖縄にいる米艦隊を殲滅して、戦局を有利にしてから和平を行えば満州、中国の利権は勿論、インドシナも我が国の影響下に置き、まさに大東亜共栄圏ができるではないか」

しかし、津田少佐一人が、

「原爆1発で何処までできますか？　今の政府による米国への対応を見極め、国体護持、外国軍の排除、戦争責任は訴追せずといった内容が、守られればよいのでは」

と冷静に言った。しかし、

「貴様は刻々と変わる戦況が理解できていない」

と畑中中佐に一括された。

「何としても、原爆を我々の手に奪い取らねばならない。今何処にあるのか」

荒尾は大声で叫んだ。

「この件、空母葛城が関わっています。しかし、葛城の乗組員全員、上陸許可が下りず、接触不可能です。この件は軍令部にも確認しましたが、情報を持っていないようです」

畑中が報告する。

荒尾は少し苛立った様子で、誰に聞けば判るのかと訊ねた。

「はっきり言えるのは、米内海軍大臣が知っているということです」

「海軍大臣が我々に情報を明らかにせんだろう」

と稲葉が言った。

「それと今、重要閣僚は総理官邸に缶詰で、接触できません」

と畑中が答えた。

「ここは、強行手段を使ってでも」

竹下中佐が言った。

「何をする？」

稲葉が訊ねた。

「総理官邸には、家族などが身の回りのものを届けることが認められています」

「それで？」

稲葉は不思議そうに訊ねた。

「家族を誘拐して、人質に取って、情報を得れば如何でしょう。海軍大臣は、家族思いと聞きます」

「そのような企て承服しかねます」

津田は立ち上がり大声を出した。

「貴様まだ判らんか。このまま閣僚に任せれば、弱腰外交により我が国益を損ねることとなる。そんな平和条約など結ばせてはならない」

津田は黙ってその場から立ち去ろうとした。

「津田少佐を座らせろ」

荒尾が怒鳴った。

津田の周りにいる数人が津田の両腕を取って、もといた椅子に座らせた。

「もう一度言う、最後まで我々と共に行動するか」

荒尾は津田の横に立ち言った。

「できません」

津田がそう言うと、荒尾は津田の腰から拳銃を抜いて、いきなり津田のこめかみに当て引き金を引いた。

大きな銃声が会議室に響いた。

「これは政府に対する、抗議の自決だ」

そう言って、その拳銃を津田に持たせた。

ここにいる誰もが、もう引き返せないと感じた。

## 7日目（8月12日）

一方、石原は嘗て関東軍７３１部隊で細菌兵器の研究をしていた医師の塚本を横浜の小さな病院に訪ねていた。

今、石原は塚本から小瓶に入った液体化した細菌を受け取った。

「そんなに致死率が高くなくてもよいが、即効性が必要だがどうかね？」

石原が訊ねた。

「１時間もたたぬ間に、症状が現れます。まだ動物実験ですので、はっきりとは言えませんが、致死率も高いと思われます」

塚本は答えた。

「まあ、仕方ないね」

と石原は言い、

「塚本君、この細菌の効き目は、四国の潜水艦の中で直接確かめさせてもらうが、それでいいね」

「はい、結構です。この瓶の蓋を開ける時は必ず防菌対策をしてください」

「了解した」

石原は瓶をカバンに詰めて持ち帰った。

その日の夕方多くの男女が石原の教会に集まってきた。

教会で黙々と食事する男女の中に、例のコソ泥トンキチもいた。

食事が終わったトンキチに石原は声を掛けた。

「上田君ちょっと来てもらえるか？」

「はい、先生」

石原は別室にトンキチを呼び出し、ここで話し始めた。

「これは、命がけの重大な仕事だが、頼めるか？」

「あっしにできることであれば、この死に損ないの命など、先生に差し上げます」

「内容の詳しいことは今話せんが、国の行く末に関わることだ」

「難しいことは分かりませんが、先生のおっしゃることであれば」

「有り難う、実は海軍の軍令部に忍び込んで欲しい。金庫に入ったゴム袋にこの液体を入れる仕事だ。

金庫の在り処とその鍵は、この図面に描いてある」

そう言って石原は図面に金庫のダイヤル番号も書き足した。

「先生、これじゃ、あっしの腕が見せられないほど簡単ですで！」

「ただこの液体を吸い込むと、病気になって死ぬかもしれんぞ」

「今更、病気もありませんよ」

「慎重に、よろしく頼む」

それから数十分するとトンキチは自宅を出るところであった。

足早に夜の東京を歩く姿はいかにも怪しげに見えた。

当然その後を刑事2人がつけていたが、突然路地に入ったところでトンキチの姿は消えた。

「おい、いないぞ」

刑事2人は完全に見失った。

それから数十分ほどでトンキチは軍令部の建物の前に立っていた。

電柱をスルスルと登り、まるで猿のように屋根まで行くと、今度はロープを使い下に降りながら部屋の様子を窺い、外から音がしないようにガラスを割ると、鍵を開け中に入った。

そこは軍令部富岡大佐の部屋で、金庫のある場所であった。

数分でトンキチは窓から出てきて、もと来た方法と逆の方法で元の道路を歩き自分の家に戻った。

警視庁では吉川たちが大慌てでトンキチの行方を探していた。

深夜になって石原が動き出した。

今度は警察も自転車を準備していたので容易に尾行ができた。

石原は東京駅から夜行列車に乗り神戸に向かった。

尾行をしていた刑事から連絡が入り吉川も駆けつけ、何とか列車に間に合った。

石原とは車両が一つ違っていたが、連結から覗くと石原は眠っていた。

「眼を離すなよ、交代で番をするぜ」

と吉川は部下に言った。


それから8時間ほど前、和平交渉団の飛行機はアリューシャン列島付近を飛んでいた。

その時、彼らの飛行機の横に米国の戦闘機がピタリと着いた。

乗っていた全員が緊張した表情になっていた。

如何に停戦合意をしたと言っても、数日前まで戦っていた国の戦闘機を見て平常心ではいられなかった。

「何か言っているようだ」

東郷が言った。

「あ～、ついてこいと言っているようだ」

吉田が頷きながら言った。

「こんな近くで米国の戦闘機を見るのは、気持ちの良いものではないですね」

近衛が顔をしかめた。

その時機長が、「戦闘機が前に回りましたので、ついていきます」と言った。

それから、戦闘機は途中で何機か交代をして、アラスカのアンカレッジまで道案内をした。

アラスカはまだ8月と言うのに、山の頂には多くの雪が見られた。

やがて飛行場が見えてくると、戦闘機はスピードを上げ、日本の飛行機から離れていき、飛行場方向に向かい、滑走路の上をここに降りるようにと、なぞって飛んだ。

もう夕方6時を回っていたが、まだ明るくはっきりと飛行場が確認できた。

「では、降下します」

機長が言って降下すると、横風に少し飛行機は揺れたが、無事に着陸した。

はしごのようなタラップが掛けられ、近衛全権大使を先頭に全員が飛行機から降りると、大勢の記者達がシャッターを切る音がして、フラッシュが光った。

タラップの下にはアメリカの政府関係者らしき役人が数人迎えに来ており、彼らを待っていた。

「どうも、あまり歓迎されていないようだ」

政府役人の少なさを見て吉田は言った。

「冷遇ですね」

東郷も言った。

しかし、宮嵜には想定通りであった。

「吉田さん我々が話をするのは、記者達ですよ。記者の記事を通して米国民に話しかけるのです。まずは、我々が、平和の使者であることから」

宮嵜が予想した通り、記者達は吉田の周りに集まった。

「ミスター吉田、これからの日程は？　大統領と会うのか」

中には、原爆は持ってきたのかと聞く者もいた。

色々な言葉が飛び交う中、吉田はその小さな体に似合わず堂々と振舞った。

「我々が来たのは、平和の話をするためである。これ以上戦って何の利益があるのか」

ある記者が、

「日本は片手に原爆を持ち、我々を脅しに来たのではないか？」

と訊ねた。

「とんでもない話だ、我々は一度も米国民を脅したことなどない、いつも話し合いをしたいと言っているだけだ。すべては話し合いで解決できると信じている」

と吉田は和平に来たことを強調した。

やがて小さな空港ビルに案内された。

「ここで、4時間休憩をしてから出発です」

と事務官は言った。

「4時間と言うことは、出発が10時を回るのでワシントンへは0時頃に到着する」

藤村中佐が言った。

「恐らく、我々を大衆の眼にさらさぬようにしているのでは」

宮嵜が推測を言った。

「なぜ、大衆の眼に？」

今井少将が訊ねる。

「今回の会談を大げさなものにしたくない、と考えているのではないでしょうか？　恐らく、彼らの思惑は外れると思いますが。まあ、4時間もあれば新聞記者に色々と話せますが」

宮嵜がそう言って頷いた。

その言葉に吉田は、

「じゃあ、俺はたっぷり話をするよ」

と言った。

その時、副機長が来て、

「米国の整備士が、整備をしてやるといってきますが、断ってください」

と言ってきたので、宮嵜、今井は整備を手伝うこととし、その間吉田は米国新聞記者を相手に熱弁をふるった。

8日目（8月13日）

早朝の東京の街を黒塗りの車が米内大臣邸に向かっていた。

まだ、静まり返る米内宅のガラス戸を叩く者がいた。

家の中から、女性の声がした。

「はい、どなた様でしょう？」

「官邸から来たものです。米内大臣が官邸で倒れられました」

するともう一人女性の声がした。

「お母さん、どうかしたの」

「お父様が倒れたって」

「エッ」

中から鍵がはずされガラス戸が開くと、背広姿の2人の男が外に立っていた。

「身の回りのものを準備する時間はありますか？」

「緊急です。身の回りのものは、後からでも」

と無表情に答えた。

「はい」と素直に母親らしき女性が答えると、

「お母さん、私も行きます」

と娘が言った。

男達は一瞬顔を見合わせたが、どうぞ、と言った。

2人は慌てて車に乗った。

暫く走ると、官邸の方角でないことに気がつき、

「あの～官邸では？」

と訊ねる。

「いいえ、病院です」

運転手が答える。

「何処の病院ですか？」

そう聞いても、男達は知らぬ素振りであった。

その時になって、２人は不審な気持ちが湧き始めてきた。

「車を止めてください」

しかし、男達は無言であった。

２人は抱き合いながら彼らを見つめた。

それから数十分走ると、車は空襲で廃墟となった銀行の前に止まった。

すると銃剣を持った、陸軍兵士が車のドアを開けた。

２人は廃墟となった銀行の金庫に押し込められ、やがて将校と思われる者が来て、米内の妻に米内宛の手紙を書くように強要した。

内容は自分と娘が誘拐され、助けて欲しいというものであった。


その頃、米内の家では留守番の家族が、心配そうに連絡を待っていた。

そこへ男が現れ、母娘を誘拐したので、差し入れを装い、米内に妻が書いた手紙を渡すように要求してきた。

米内の家のお手伝いが、差し入れを持って官邸に出向いた。

官邸では米内が、執務室で忙しく仕事をしているところに、電話がかかり家から差し入れに来ていると聞き、誰が来たか確かめると、お手伝いのカメであったので、玄関まで自ら下りてきた。

「何だ、カメか？　女房殿はどうした」

おどけた言い方で声を掛けると、カメは、「旦那様」と言い突然泣き出した。

その様子をたまたま通りかかった阿南が見ていた。

カメは手紙を差し出した。

中の手紙は確かに妻の筆跡であり、そこには娘と誘拐されたことが書かれていた。

手紙はもう1通あり、それは犯人からのもので、助けたければ、原爆を引き渡すように、また、連絡方法は米内の家に返事の手紙を届けるように、というもので最後に陸軍有志とあった。

米内はカメに、「何とかするので、家に帰るように」と言ったが、如何してよいか見当もつかなかった。

そこへ阿南が近づいてきて、「どうかしましたか」と声を掛けてきた。

米内は黙って手紙を見せた。

「我が家族も軍人の家族、覚悟はあると思う」

米内はそう言ったが、顔は苦しみにゆがんでいた。

「米内大臣、私に任せてください。とりあえず了解した旨の手紙を書き、お家に届けてください。後はわたしが」

阿南は言う。

「申し訳ない、お任せします」

米内は頭を下げた。

「いや、こちらこそ。馬鹿どもが！」

阿南は独り言を言った。

阿南はすぐに陸軍中野学校の諜報員を呼び出し、米内の家を見張らせた。

やがて返事の手紙を取りに来た者の後をつけ首謀者を突き止めた。

それは井田中佐であった。

阿南は部下数名を連れて、井田のところに出向き、彼を一喝した。

井田はその剣幕に恐れをなし、隠れ家を白状したが、自分が一人で企てたと主張して、捜査はそれ以上進展しなかった。

阿南は隠れ家にも少数の部下と乗り込み、鬼の形相で兵士を一喝、誰もが恐れを抱き、抵抗も無く人質２人を解放した。

阿南は２人を連れて官邸に帰り、米内に会わせた。

「阿南さん、有り難う」

米内は改めて、この人物は味方にしておきたいと思った。


しかし、一難去ってまた、一難であった。

時を同じにして、もう一人本当の強敵が動き出していた。

石原の乗った夜行が京都を過ぎた頃、ちょうど朝を迎えていた。

吉川達は少し離れた場所から、石原を監視していたが、目を覚ました石原が、吉川の座る椅子の方に歩いてくるのが見え、刑事たちは顔を背けたり、新聞で顔を隠したりと、緊張が走った。

石原は突然吉川の前に立つと、

「また、お会いしましたね」

とニッコリ笑った。

眠っていたと思っていたが、こちらが監視されていたようだと、吉川は悟った。

吉川は黙ってじっと、石原の顔を見た。

石原もそれだけ言うと自分の席に戻っていった。

吉川の横に座っていた刑事が、

「こちらの身元割れましたね」

と言った。

「かまわんさ。相手がこちらを、なめてくれれば、必ず隙ができるものさ」

吉川は強気だった。

2時間ほどで神戸に着いた。

石原は神戸で降りると港に向かった。

「警視、船でも使うつもりではないですか」

と若い刑事が言った。

「おい、神戸の警察に行って、船の手配と、東京の様子を、電話を借りて聞いてこい」

吉川は指示を出した。

彼らの見込み通り、石原は港から漁船に乗った。

「おい、山田の奴まだ帰ってこないか？」

と言っていると、その刑事が帰ってきた。

「警視、今船が出払っていてないそうです」

「何！」と言って吉川は、宮嵜の言葉を思い出した。

「そうだ、海軍さんに頼もう」

直ぐに、官邸の米内に連絡をした。

米内は海軍の高速艇を用意してくれた。

若い刑事が、

「警視追いつきますか？」

と心配そうに訊ねる。

「分からんが、多分高知あたりを目指していると思われる」

「警視、先ほど東京に連絡をしたら、トンキチが自宅で高熱を出し、その後死んだらしいです」

吉川はトンキチの命が長くないとは聞いていたが、当然胸の病で死ぬと思っており、この死に方に疑念を持った。

「これは多分、今、石原が動いていることと、関連しているぞ」

と独り言を言った。

30分ほど後から出港していたが、やはり彼らは高知に向かっていた。

双眼鏡であの漁船を確認できた。

「やっと、追いつきましたね」

「こうなれば、先回りをして港で待ち伏せをしよう」

吉川は石原が尾行をまいたと考えていれば、行動が大胆になると読んでいた。

「米内大臣から、便宜を図るように言われていますので何なりと言ってください」

高速艇の将校からそう声を掛けられた。

「港に車を1台用意してください」

吉川達が車に乗って待っていると、石原たちが漁船から降りてきて、迎えの車に乗った。

「おい、見つからないように尾行しろ」

車は途中で花を買い求めて、陸軍病院に到着した。

後ろから様子を窺っていると、まるで誰かを見舞うように見えた。

「警視、誰かの見舞いですか？」

「違う、偽装だ」

吉川は言った。そして、

「おい、眼を離すな何かあるぞ」

と刑事たちに指示をした。

彼らが病院内に入ってから、暫くすると周りが騒がしくなり始めた。

医者や看護婦達が走り回り一つの病棟に向かっていた。

そんな中、石原達の姿が見えなくなった。

「おい、ここから出た気配はないぞ。この建物のどこかにいる」

医者や看護婦が右往左往している中で、白い防護服に身を包み水中眼鏡とマスクをした数人の医者のような一団が現れた。

「連中から眼を離すな」

彼らは消毒でもするような機材を持っていた。

その内トラックが大勢の水兵を乗せて隔離病棟らしい建物に人々を運んできた。

暫くすると地元の警察官が現れ人々をその病棟から遠ざけた。

「何があったか聞いてきます」

「ちょっと君」

と警官に近づき、声をかけた。

「ばか者、近づくな、死にたいのか！」

「俺は東京警視庁の者だ。事件を追っている。一体何があったのか？」

「はっ、ペストです。それもかなり強い奴で、もう数人死んでいます」

刑事は思わず口を押さえた。

「警視、ペストです。感染すると命に関わるそうです」

「これは、トンキチと同じ病気だな。兵隊は何処から運ばれたか聞いてこい」

刑事は少し嫌な顔をして再び先ほどの警官の所に行った。

暫くして帰ってきた。

「潜水艦の乗組員です」

それを聞いて吉川は直ぐにピンと来た。

「先ほどの防護服を着ていた連中、何処へ行った」

「車で出ていきました」

「よし、直ぐに港に帰るぞ」

港には先ほど高知に乗ってきた、高速艇が待っていた。

「直ぐに船を出してください。それと、米内大臣に連絡を。石原が例のものを奪いに、潜水艦に乗り込んでいると。それと、東京の麹町でペスト患者が出たと」

そしてペスト患者が出ている潜水艦に向かった。

潜水艦に近づくと、もう船が止まっており、その乗組員を確保したが、石原達は既に、潜水艦に乗り込んでいた。

「出口は一つだ。奴らが出てくるのを待とう」

その頃、船の中では石原が原子爆弾を探していた。

しかし、見つからず少しあせり始めていた。

「閣下、見つかりません」

医師の塚本が言った。

「間違いなく、この艦にある筈だ！」

「しかし、あの大きさであれば隠す場所も限られますが」

その時、別の仲間が報告に来た。

「先生、この船は海軍に囲まれています」

石原はハッチから顔を少し出し覗くと、既に海軍により周りは固められていた。

「いっぱい食ったか。少し、宮嵜をなめ過ぎたようだ」

石原は、その場に腰を下ろした。

しかし、部下達は銃を撃ちながら、ハッチから出てきた。

銃撃戦は一瞬で終わった、ある者は潜水艦の甲板の上で、ある者は海の中に倒れていった。

「彼らの体に消毒液を掛けろ」

やがて、船から出てきた石原の体にも消毒液が掛けられた。

防護服を脱ぎ石原は吉川の船に乗ってきた。

「また、お会いしましたね」

吉川が言った。

石原は無言で吉川の顔をじっと見た。

確かに石原の企てを阻止したが、吉川はぞっとしていた。

一歩誤れば、彼らの勝利だったかもと思うと、喜びよりも恐怖心で、冷や汗が出る思いであった。

宮嵜達全権使節団は、飛行機の整備も終わり、アンカレッジを飛び立とうとしていた。

本来ならば、カナダ上空からワシントンに向かうのが、時間的にも距離的にも最短であるが、カナダ政府とは未だ停戦が結ばれていないため、太平洋を南下してシアトル方面から、大陸を東西に横断してワシントンに入るルートが、アメリカ政府から指定された。

「この辺がロッキー山脈の上空か？」

今井少将が機長に訊ねた。

「恐らくそうかと、なにぶん暗くて、何も見えません」

彼らが乗る飛行機の前には米国戦闘機のテールランプだけが光っていた。

やがて数時間が経ちメリーゴーランド州アンドリュース空軍基地が見えてきた。

眼下北側にはワシントンＤＣの街の灯が見えており、灯火管制をしている日本の街とは違い、大変華やかなものだった。

「このような国とわれわれは戦っていたのか」と、この戦争の無謀さを改めてここにいる皆が感じていた。

やがて飛行機は着陸をしたが、ここでも米国政府閣僚級の出迎えはなく、また、空軍基地であることから、記者達の取材もないため、拍子抜けの感情が湧いた。

やがて迎えの車に乗り、ワシントンＤＣのホテルに着くと、玄関には日の丸と星条旗が飾られており、夜０時を回っていたが、多くの新聞記者もおり、やっとこれから和平交渉が始まると感じた。

ホテルに入ると一人の日本人男性が近づいてきた、スイスから直接ワシントンに来た藤村中佐であった。

「藤村中佐ご苦労です」

宮嵜が言った。

本来ならば敬礼で挨拶するところであるが、ここはワシントンのホテルであり、はばかられた。

「いいえ、皆さんこそ長旅お疲れでした」

「共に頑張りましょう」

藤村は使節団全員と握手を交わした。

ホテルの部屋はスイートルームが2つで、宮嵜は近衛、東郷、吉田と同部屋となり、あとの今井、藤村と通訳2人が廊下を挟んだもう一つの部屋に入った。

その日は長旅に疲れて、全員直ぐに眠ることとした。


次の日の朝は宮嵜が一番に眼を覚ませた。ドアの下を見るとアメリカの新聞が挟まっていた。

その新聞の見出しを見ると、「日本からの使者悪魔か？　天使か？」「吉田平和の使いを強調！」「吉田は平和のために来た！」などの記事が一面に載っていた。

宮嵜は直ぐに吉田を起こした。

「吉田さん、記事が載っていますよ」

2人が大声で話していると、近衛と東郷も話に加わった。

「大体の記事はわれわれに好意的というか、我々が平和のために来たことを理解している」

近衛が言った。

「恐らく彼らも我々が平和を求めていることを感じているのでは」

東郷も同調する。

「昨日アンカレッジで、吉田さんが記者に話したことが功を奏したようです」

宮嵜が言った。

「これから、米国が如何に出てくるか」

吉田の言葉に、４人は少し武者震いをして、お互いの顔を見た。


しかし、アメリカ側から中々連絡はなかった。

彼らの口数は少なく、新聞を読みまた、窓から市内の様子を見るなどして時間を過ごしていた。

この部屋の中では、中々本音で話すことは盗聴も疑われ、できなかったが、それよりも出たとこ勝負の交渉に、緊張で無口になっていた。

「もう直ぐ10時になるが、何も言ってこないのはどうしてだろう」

東郷が不安を口にした。

「待つしかないですね」

近衛は平然とした様子で答えたが、勿論心配していた。

「きっと言ってきますよ」

吉田は自らに言い聞かせるように頷き言った。

その時、ドアがノックされた。宮嵜がドアを開けると、長身の白人の男性と、日系人らしき東洋人が立っていた。

　白人が英語で話すと、日系人が直ぐに通訳をして話した。

「あなた方の歓迎レセプションをこのホテルの３階で行います」

「それはどなたが主催のレセプションですか？」

　宮嵜が質問をした。

「バーンズ国務長官です」

　その説明に、やっと閣僚級が出てきたかと、ほぼ全員が安心した表情になった。

　アンカレッジからワシントンとあまり民衆の眼前にさらされることがなかったが、新聞記事で流れが変わったことを感じた。

　案内状を受け取り、ドアを閉めると、ほぼ全員が頷き、微笑んだ。

「いよいよですね」

　近衛は全員の顔を見つめて言った。

　吉田が手を出し、その手を皆が握った。

　レセプション会場には、アメリカ側から国務長官、陸軍長官、海軍長官、それにグルー元駐日大使も来ていた。

　その他にも連合国の大使と既に降伏をしたドイツとイタリアの大使も招かれていた。

　国務長官が口火を切った。

「平和の使者である日本からの友人を紹介します」

新聞記事を少し皮肉った言い回しであった。

近衛を先頭に全権使節団は会場の前まで進み出た。

近衛がマイクの前に立つと会場は静まり返った。

「バーンズ閣下にご紹介賜りました通り、我々は和平実現のためにやって来ました。和平を実現するまでは、日本に帰らない気持ちでおります」

この言葉に会場はどよめき、拍手が起きた。

これまでの日本の交渉は、要求が通らなければ、交渉決裂も辞さずであったが、今回は和平に対する並々ならぬ、日本の決意を聴衆は感じていた。

しかし、和平ありきの交渉は、相手に足元を見られかねないことであり、この宣言の真意を測りかねるところもあった。

一通りの挨拶が終わると、使節団のメンバーそれぞれに沢山の人が話をするため近づいてきた。

近衛と東郷には、バーンズがドイツとイタリアの大使を連れてきて、

「彼らは、ファシストではない自由主義者である。今のドイツ、イタリアではファシストは一掃された」

と紹介した。

これは、まさに日本にも軍国主義の一掃を求めてきたと感じた。

嘗ての三国同盟も今や崩壊して、日本は国際社会の孤児であることを思い知らされた。

吉田の傍にはグルーが来て、

「貴方は巣鴨の刑務所に入っていたと聞いたが、日本政府も、無茶をしますな」

と言葉をかけた。

「その私が全権大使補佐として交渉団にいます。日本は変わりますよ」

吉田は日本の変化を強調した。

藤村にはスイスで和平交渉をしていたダレスが来た。

「藤村さん、やっと正式に交渉できそうですね」

「ダレス、あなたに会えて嬉しいよ、これまでの苦労が実る時だね」

今井には中華民国大使が来た。

「今井さん、あなた達がアメリカと和平をすれば、次は我々との和平ですね」

その言葉に今井は相手の手をとってしっかり握った。

宮嵜には珍しい人が近づいてきた。

それはベアテという若い女性で、タイムズの記者であった。

ベアテはいきなり宮嵜に、

「私は、私の父母の所在を知りたいのですが？」

と切り出した。

その長身の白人女性の、まったく訛りのない日本語にも驚いたが、白人女性の父母が日本にいることにも、宮嵜は興味を持った。

「あなたのご両親ですか？」

「私の父は東京音楽学校で教授をしています。今は母と共に東京で暮らしています」

彼女の話では、彼女達はウクライナ系のユダヤ人で、迫害をのがれウラジオストックに来た時、山田耕作に日本公演を勧められて、ベアテ5歳の時日本に来たと言う。父は音楽教師として働き、多くの日本人の友人もおり、近衛の弟も知人だと言う、彼女は16歳でアメリカに留学、今はアメリカの国籍も取得したと言い、

「私は本籍が日本で、現住所がアメリカです」

と面白いことを言う女性であった。

「確か、私がまだ日本を出るときは、東京とストックホルムの無線通信ができたので、今も大丈夫と思うが、あなたはタイムズの記者だね、ストックホルムに支局はあるかい？」

彼女は頷いた。

「じゃあ、今から電文を書くから、この住所に電報を打ってくれないか。ただ、自宅はどこかな？」

「乃木坂です」

宮嵜は少し暗い顔になった。

「三月に東京は大空襲があってね、乃木坂もかなり被害があったと思うが……」

その言葉に、ベアテも悲しそうに宮嵜を見つめた。

「でも、父は機転のきく人です、きっと助かっています」

「そうだといいね」

宮嵜は電文を渡した。

この時、宮嵜はベアテの境遇に同情して助け舟を出したが、このあと、この女性に助けてもらうことになるとは、思いもしなかった。

吉川は夕方になってようやく、神戸から東京に戻った。

本来なら一直線に自宅に戻り、疲れた体を休ませたいところであったが、あの宮嵜との約束が気になっていた。

吉川は両国に、ある花火師を訪ねていた。

それは、宮嵜が和平交渉のため、アメリカに出発する前夜の言葉が、頭から離れなかったからである。

その言葉は宮嵜の言葉というより、吉川自身の思いであった。

息子を戦争で亡くし、誰かにぶつけることのないまま、妻と共に我慢だけをしてきた日々への、答えのように思えたからである。

「宮嵜、必ず和平を実現してくれ、俺が祝福の花火を打ち上げ、お前を迎えてやるぞ」

そう吉川は心で叫んでいた。

両国の花火師「角玉屋」の銀二は、戦争が始まってから花火の製造が中止になり、それ以降火薬の仕事を止めてしまった。

他の花火師が、戦争のための火薬製造に手を出すことに、不満を持っていた。

「花火てぃのは、人様を喜ばすためにあるんだ、人殺しの道具じゃねえんだ」

吉川は銀二の話を、うん、うんと聞いた。

「銀二さん、俺もそう思うよ。その花火をもう一度作ってくれないか」

「な〜んだ、警察の旦那が来たてぃから、てっきり……」

と銀二は言葉を飲み込んだ。

「銀二さん、今日は警察の仕事で来たんじゃないんだよ。今日のラヂオでも言ってたが、今、日本は和平の話があるんだ。そうなれば花火を打ち上げて祝いたいだろう」

「それは嬉しい話だが、ちょいと無理だな」

と言い吉川の顔を見て、そして、

「何せ花火師の若い者は、皆戦争に行ってるよ。年寄りと女や子供だけじゃ〜ね」

銀二は眼を伏せた。

「銀二さん、力仕事は警察の若い者でするよ」

「銀二さんには手筈を頼みたいのさ。江戸っ子の心意気見せてやろうよ」

「俺の弱いところ突きやがる」

銀二は神田の生まれの江戸っ子であった。

「しかし、火薬なんか今の俺にはね〜よ」

「銀二さん俺の仕事は警察だよ」

2人は顔を見合わせ笑った。

吉川が家に着いたのは夜遅くであった。

遅い目の食事をして、床に入り直ぐに眠ってしまった。

その時玄関のガラス戸を叩く音がしたが、ガラス戸には外から板を貼り付けていたので、音が小さく中々聞こえなかった。

吉川もすっかり寝入っており、家人も暫く気付かなかった。

やがて妻が気付き玄関まで行き、「どなた様ですか」と訊ねた。

「電報です」と外から声がした。

妻は電報を受け取ると、それが吉川宛であることを確認して、寝室にいる吉川に渡した。

「電報、誰からだろう？」

妻が電気をつけると眩しそうに電文を見た。

そこには宮嵜の名前があった。

「えっ、米国からか？」

今、和平交渉している筈の宮嵜が、一体自分に何の用事があるのか、大きな疑問が湧き、急いで電報を確認した。

「ノギサカニスム、レオシロタノショウソクヲシラサレタシ、キュウチニアレバタスケラレタシ、ホウコクヲマツ」

とだけあり、まったく意味が分からないものであったが、とにかくこの人物を探すことにした。

その頃、昼食会を兼ねた歓迎レセプションが終わり、アメリカ側から交渉の打診があった。

午後3時から交渉が開かれ、アメリカ側からはバーンズ国務長官、スティムソン陸軍長官、フォレスタル海軍長官、グレー元駐日大使が交渉団として現れた。

初めに日本側を代表して、近衛全権大使より和平交渉開催のお礼の挨拶があり、会議は始まった。

アメリカは冒頭から原子爆弾の返還を求めてきた。

このことは予想の範囲内であり、日本側はアメリカがこの爆弾を使用しないことが条件であり、そのために平和条約を結びたいと申し出をした。

しかし、アメリカ側は平和条約の条件は、日本が再び侵略戦争を起こさないことであり、その担保がなければ平和条約は結べないと言った。

その後も戦争の原因についての議題があり、アメリカ側からは陸軍の暴走とそれを止められなかった議会など制度の問題が提起され、日本政府がそれらをどのように改善するか問いかけられた。

しかし、明確な答えのないまま会議は硬直化した。

夕食をとるため休憩が提案された。

日本側の交渉団は部屋に戻り、ハンバーガーなどの軽食を片手にこの状況の打開方法を話し合った。

「米国は本当に和平を行う意思があるのか？　甚だ疑問である」

と東郷は言った。

「原爆を使用する気ではないか？　その理由を探っているかも」

近衛も疑心暗鬼になっていた。

「領土を譲れば、合意が得られると考えた、我々が甘かった」

と吉田は反省の言葉を口にした。

「このままでは硬直状態から進展しません。例のものを出しましょう」

宮寄が言った。

それは日本にいるときから準備したものであった。

近衛も、「それで行きましょう」と言った。

午後7時会議は再開された。

冒頭、近衛からアメリカ側に提案が行われた。

「ここに日本側の総理大臣を含む全閣僚、全議会議員、日本帝国元首である天皇の委任状があります。我々は日本帝国を代表する、決定権を持った全権大使であります。米国においても、決定権を持つ方を交渉団に入れられるよう希望します」

このことが、アメリカ大統領の出席を求めていることは、直ぐに判った。

アメリカ側はこの代表団が、大統領から任命されたものであり、正式な代表団であると主張したが、この場で決定権のある回答ができるか問われ、答えられず大統領に持ち帰るとして、1日目の会議が終わった。

宮寄達が部屋に戻ると、ドアの下に電報が挟まっていた。

内容は「REOSIROTA HA KARUIZAWA NI ITA TUMA SUIJAKU

ＭＯ ＫＥＮＫＯＵ」とあった。

もう午後９時を回っていたが、ベアテからもらった名刺に書かれた電話番号に電話をかけると、ベアテはまだ仕事で会社にいた。

両親の消息が判ったと言うと、ベアテは直ぐに来るというので、ホテルのロビーで待ち合わせることとした。

ベアテは車を飛ばして30分程でホテルに現れ、フロントからの電話で宮嵜はロビーに降りた。

ベアテが心配そうに宮嵜を見つめる。

「宮嵜さん如何でしたか。両親は無事でしたか？」

宮嵜はニコリと笑顔を返し、

「無事でしたよ」

と答え、ベアテに日本から来た電報を見せた。

「そうですか、軽井沢に別荘があります。そこに疎開したようです。本当に良かった」

と涙を零し、両手で顔を隠した。

しかし、暫くすると新聞記者ベアテに戻り、どうして居場所が判ったのかと疑問をぶつけてきた。

「私が調査を頼んだ友人には、予め困ったことがあれば、政府関係者に相談するように言っておいたので、政府が動いたと思う」

そう説明すると、納得したのか、また、涙を流し始めた。

ベアテが落ち着いたのを見計らい、

「恩着せがましくて嫌なのだが、あなたにお願いがある」

宮嵜がそうと言うと、ベアテはニッコリ微笑んだ。

「何でも、おっしゃってください」

「実は、米国との交渉が行き詰っている、何とか打開して、和平を実現したい」

「そのような、お手伝いができるなら喜んで」

宮嵜は交渉経過を話し、日本が和平を実現しようとしているが、アメリカ政府が無理難題を言っていることをアメリカ国民に伝えて欲しいと頼んだ。

しかし、その話を聞いたベアテは、自らの考えを話し始めた。

そして、米国連邦通信委員会（ＦＣＣ）にいたこと、最近まで戦争情報局（ＵＳＯＷＩ）にいたことなどを話した。

それらは日本を敗戦に追い込むための仕事であり、日本人に降伏を勧める仕事であった。

それを聞き宮嵜は、ベアテが米国人であったと改めて感じた。

そして、これ以上自分達のために働くように説得することを諦めた。

「宮嵜さん、誤解しないで欲しい、私は本籍が日本といった通り、日本人のためを考えて行動してきました。今回の件も日本人のためならアメリカ政府に反抗しても良いと思っています」

宮嵜は黙って、ベアテの話を聞いた。

「アメリカにも、日本にも言い分はあります。しかし、日本がとんでもない戦争を仕掛けたことは事実です。アメリカ国民もまた、平和を求めています、でも無条件ではないですよ。日本が二度と戦争を起こさないことは、アメリカ国民が求めていることです。そこを無しにしてアメリカの世論も日本の味方にはなりません」

その言葉に宮嵜は、眼から鱗が落ちる思いであった。

これまでは、自分の都合だけでアメリカ世論を操作して、和平を実現しようとしてきたことを恥じる思いであった。

「ベアテさん私達の部屋に来ていただけませんか。是非、あなたの話が聞きたい」

ベアテは快く引き受けた。

宮嵜はベアテを連れて部屋に戻った。

皆にベアテの生い立ちを話して、これまでしてきた仕事の内容も説明した。

「彼女は日本人の心を持つ米国人です。彼女は米国の人々が、日本に何を求めているかを、知っている人です。今の交渉の行き詰まりを打開するためには、米国民が何を考え、日本に何を求めているのかを、知らなければならないと思います」

「宮嵜君、分かった。話を聞かせていただこう」

と近衛は言った。皆も同意してベアテの話を聞くことにした。

「有り難うございます」

ベアテは話し始めた。

「恐らく、交渉ではシビリアンコントロール、統帥権などが論じられていると思います。しかし、本質は国民主権、基本的人権、平和主義の実現です。これを約束しなければ、和平は実現しません」

これらについては、ここにいる者達は一定の理解をしていたが、実際に何をどのようにすれば良いかが分からなかった。

選挙権については女性を含むすべての国民に与えるように、特に女性は平和的と見られること、法の下の平等、差別の禁止、戦力は防衛のためだけに止めることなどが語られ、最後に天皇の役割も国民によって決められたことを承認するだけに止め、特に軍の最高司令官であってはならず、政治的に中立を保つことが重要と話した。

なぜ日本に米国が厳しく対応するかは、日本人の潜在能力、特に教育水準が欧米を越えているためで、いずれまた復興して嘗てのドイツのように戦争を起こすと考えているからであると説明した。

しかし、今井と藤村は軍人としてこの話は納得できないと言った。

ベアテは、このことを約束しなければ、アメリカとの和平合意はうまくいかないだろうと言った。

「たとえあなた方に原爆があっても、アメリカ市民はあなた方の味方にはならない」

とアメリカ人らしく、きっぱりと言った。そして、

「これを実現すれば天皇も、軍国主義の象徴ではなく、平和の象徴として日米両国民から尊敬されるでしょう」

と付け加えた。

それに対して吉田は、

「もう他に道はないでしょう。これで我々の案をまとめてみましょう」

と言い、近衛も、

「早く和平を実現して、復興に邁進しましょう」

と同意した。

宮嵜は、ベアテをドアまで見送り感謝を伝えた。

ベアテも、

「あなたのお友達によろしくお伝えください」

と言った。

その言葉に宮嵜は吉川を思い出した。

「電報を送って僅か10時間ほどで答えを返してくれたが、日本は夜中ではなかったか」と心で呟き、このことに奮闘する吉川の姿が瞼に浮かび、感謝の気持ちが湧いてきた。

## 9日目（8月14日）

その頃日本は朝を迎えていた。

原子爆弾収奪事件に失敗して、鳴りを潜める急進派であったが、何とか戦争を継続して、アメリカ軍に打撃を与えるのだと、その方法を考えていた。

しかし、今では参謀本部の会議室など使えず、軍の管理する地下壕に集まっていた。

「和平は進んでいるのか？」

荒尾大佐が聞いた。

「アメリカの短波放送によりますと、交渉が始まっているようです」

畑中少佐が答えた。

「ここからでは阻止する手段もなく歯がゆいが……」

荒尾は顔をゆがめた。

「こうなれば、全権使節が戻った時が、我々の主張を国民に知らせる好機かと」

竹中中佐がそう言うと、
稲葉中佐も、

「同感です。その時のために作戦を考え準備しましょう」

と言った。


その頃、アメリカ大統領執務室には、アメリカ側交渉団と重要閣僚などが集まっていた。

バーンズ国務長官が、

「我々としては、大統領まで出ていただかなくても良いのではと思いますが」

と言うと、トルーマンは、

「彼らが天皇の委任状まで見せたのであれば、私が出ても不釣合いではないだろう。ここで一気に、彼らに最後通知を出しても良かろう」

「大統領、世論の動向を見てじっくり判断しましょう。もし、彼らがあの原爆を使えば、国民は我々が追い込んだためと、判断しかねません」

グルーは慎重論を唱える。

「ジョセフ（グルー）、分かっているよ。国民にはどの結果にも納得してもらう必要がある」

「しかし、早くから日本降伏後の統治について検討してきたことが、この交渉にも生かせました」

バーンズは自分達が優位に交渉を進めていると見ていた。

「スティムソン長官、ソビエトはじっとしているかね」

大統領が質問した。

「彼らも原爆の餌食になりたくないですから」

「それは残念、そこで使ってくれれば、話は早いのに」

と大統領が言うと、そのきついブラックジョークに、一同苦笑いを浮かべた。


その頃、日本側使節団はホテルの一室で話し合っていた。

「私はベアテ女史の意見は承服しかねます」

今井は言った。

「私も米国の特務機関にいた女の言うことなど、聞くべきでないと存じます」

藤村が続ける。

「そもそも、我々は国体の護持が目的であった筈です、それが失われるような案は、戦わずして敗れるが如し、であり軍人として承服しかねます」

強い口調で全員を睨み付けるように見て言った。

「つまらん、軍人の発想だ」

吉田は吐き捨てるように言った。

その時、それまで自らの意見はあまり述べなかった、近衛が突然立ち上がり話し出した。

「私は、日本の羽田を飛び立つ時、我が首都が焦土と化しているのを、目の当たりにして、涙が出そうになりました。また、この度米国の首都ワシントンを訪れた時は、戦争などなかったような街の灯を見て、自らの愚かな決定を思い知らされました。それは、まさに4年前の開戦の決定です。如何に無謀な戦争をしたのか、そのことにより多くの兵士、いや、民間人も、その中には多くの子供達もいました。もう、取り返しのつかないことですが、今ならこれ以上の犠牲者を止めることができます。そうしなければならないのです」

この話に一同は言葉を失い、暫く沈黙が続いた。

近衛が着席をして、暫く経って、宮嵜が話し始めた。

「我々の任務は、米国と和平を結ぶことです。陛下もそのように申されました、また、多くの国民も、和平を待ちかねているのです。その任務を投げ出し帰ることこそ、戦わずして敗れることです」

吉田が続けた。

「その通りだ、国体の護持とは、明治憲法を守ることではないのだ。日本は有史以来、脈々と歴史を積み重ねてきたのだ、明治以来たかが80年じゃないか、それを守るために、2千年の歴史を捨てちまうのか、馬鹿馬鹿しいね」

宮嵜は、今井と藤村に向かって、

「お2人もこの戦争を終わらそうと、ここまで奮闘してこられた。今まさに和平の道が見えてきたのです。ここで投げ出すことは、できないですよね」

その言葉に、2人は頷いた。

「戦争を終わらせるには、日本も納得させなければならないが、世界も納得させなければならないのです」

宮嵜はじっと2人を見て話を続けた。

「そのためには我々が不戦の誓いをしなければなりません。今は、この戦争で誰が悪かったか議論している時ではないのです。我々は今、全世界を敵に回しているのです」

今井と藤村の目から涙が溢れた。

しかし、その無念さは2人だけのものではなかった。

やがて2人は、大使に一任することを了解した。

近衛は、感謝の言葉を述べ、2人の手を握り締めた。

あれから、どれほどの時間が経過したか、ワシントンの空は薄ら明るくなり始めている。

近衛が、

「ではこの案で行きましょう」

と告げる。

一同が了解し、拍手をした。

「皆様、ご苦労でした。有り難う」

そう言って、近衛は全員と握手をした。

「今日は10時から会議が始まるので、もう5時間ほどしかないが、2時間ぐらいでも眠ってから行きましょう」

近衛は皆の体を気遣った。


それから5時間が経った、今日は初めてホワイトハウスでの会議となった。

皆は漠然とだがこれで和平が結ばれる気がしていた。

ホワイトハウスに入ると、控え室に案内された。

全員が周りを見渡していた。

「皇居ほどではないが、首相官邸よりは立派だな」

今井が言い、皆も頷いた。

やがて会議室に案内されたが、そんなに大きな部屋でもなく、真ん中に円卓が置かれ、どのように座るか、アメリカの事務官より説明があった。

円卓の日本側の真ん中は近衛が、その両隣に吉田と東郷が座った。

通訳2人は近衛の斜め後ろに座り、その後ろに宮嵜、今井、藤村が座った。

やがて、正面のドアが開き大統領を先頭に、アメリカ側メンバーが現れ、大統領はわざわざ日本側まで来て全員と握手を交わした。

実際は小柄であったが、その素振り、物腰から大きく見え、日本では考えられないフランクな態度に全員が呆気に取られた。

全員が着席して暫くすると、大統領から挨拶があり、その後、近衛が大統領の出席に対し感謝を述べた。

直ぐに本題に入り、バーンズが口火を切った。

「それでは、あなた方の返事を聞かせていただこう」

それが平和についての担保を聞いていることは直ぐに判った。

近衛は自ら用意した、下書きのメモを取り出し、自分の前の机に置いた。

「大統領閣下、それでは我々の決意を述べます。我々は二度と再び、武力によって国際紛争を解決しないことを誓います。そのため次のことを実施します。1、民主化の推進、女性を含めたすべての国民に選挙権を認めます。2、人権の尊重、基本的人権を尊重して、すべての国民を平等に扱います。3、平和主義、日本は武力により他国を威嚇したり、武力によって国際紛争の解決を図りません。すなわち、あくまでも専守防衛に徹します。これらを実現するため、憲法の改正を行います」

近衛が話し終えると、ここまで日本が立場を譲るとは考えていなかったアメリカ政府は、呆気に取られて、言葉もなく沈黙が続いた。

暫くして大統領が立ち上がり、拍手をはじめ、他のメンバーも顔を見合わせながら立ち上がり、日本側に拍手を送った。

アメリカ政府は、内心この和平交渉はまとまらないと考えていた。

恐らく、開戦前の交渉のように、日本側がじれて会議を投げ出し、帰国するだろうと考えていた。それほどアメリカの考える戦後処理は、これまでの日本の考え方では、受け入れ難い内容だと思っていた。

しかし、今まさに、アメリカが妥協点とする、再び戦争をしない国になろうと、日本が真摯に考えていることに驚きを感じていた。

日本がこの提案をできたのは、まさにベアテの助言があったからに他ならない。

「パーフェクトな回答だ、すばらしい」

トルーマンは感嘆した。そして、細かなことはこれから詰めれば良いと言って、日本側メンバーに握手を求めようとした。

「このことは、お国におられる他の閣僚などはご納得されるか？」

スティムソンは心配そうに訊ねた。

その時、宮嵜が、

「我々全権は、天皇陛下他全閣僚や議会関係者からも委任状を取っております。ただ、この内容が新聞、ラヂオでいきなり発表されると、日本社会に動揺が生まれます。ついては、日米和平成立の発表前に和平の内容と、その説明を記載した書簡を日本政府に送りたいので、貴国にお手伝いいただきたい」

と申し出た。

「何でもお手伝いしましょう」

スティムソンがそう言って、全員が握手を交わした。

10日目（8月15日）

日本は朝を迎えていた。

官邸に鈴木総理宛の電報が届いた。

鈴木は事務官に、直ぐに米内大臣を呼んでほしいと伝えた。

官邸に缶詰状態になっている米内が鈴木の執務室を訪れた。

「総理、何か」

「うん、宮嵜君から電報が届いた」

米内は直ぐに中を確認した。

「硫黄島に、近衛大使の書簡を送ったので、本日、午後5時に取りに行くように書かれています」

「恐らく重大な内容が書かれていると思われる。悪いが今は敵陣で、危険かも知れないが行ってもらえるか？」

鈴木の依頼に米内は、「勿論です」と答えた。

その頃、吉川は花火の準備を進めていた。

「親父さん、どうかね？」

「吉川の旦那が、火薬を準備してくれたので、何とか５００発ぐらいは飛ばせそうだな」

銀二は手も顔も真っ黒にして、汗だくで花火をこしらえていた。

「筒の方も何とかなりそうだし、後は人手だな！」

「警察の若い者を10人程連れてくるから、一度仕込んでもらいたい」

「おいらは厳しいで、我慢できるか」

「おっ、扱いてやってくれ」

「任しナ」

そう言って、２人は大きな声で笑った。銀二は久しぶりに体の疲れなど感じぬぐらい、充実した時間を過ごした。


午後2時、厚木飛行場には、流星Ｂ７Ａが離陸の準備をしていた。

「大臣、操縦士は腕の良いのを選抜しました」

基地の担当将校が言った。

「まあ、戦闘でないので」

と米内は言ったが、大事な任務であり、自分自身でも緊張を感じた。

米内は後部座席に乗り込んだ。

この日は飛行制限を出しており、日本上空では他の飛行機は見かけなかった。

おおよそ2時間半程の片道飛行であるが、パイロットもガチガチに緊張していた。

「今は休戦中で、敵国からの攻撃はない、安心しろ」

米内は声を掛けた。

「はい、しかし銃弾も積まずに飛ぶのは初めてで、何か裸で歩いているような……」

「確かにそれは言えるな」

と2人は笑った。

いよいよ、眼下には硫黄島が見えてきた。

その時アメリカの戦闘機が両サイドから現れ、目視ではっきりパイロットの顔が確認できた。

硫黄島の周りの海は、アメリカの艦船で埋め尽くされていた。

日本が基地にしていた頃より、整備が進み建物も多いように感じた。

「米内閣下、このまま着陸しても大丈夫ですか？」

パイロットが米内に確認してきた。

米内は、「勿論」と答えた。

流星はこれまで殆ど艦上飛行機として使われており、着陸は短距離でも可能である。硫黄島の滑走路は充分な距離があった。

パイロットが緊張しているので、少し心配したが、うまく着陸でき、アメリカ兵の誘導に従い飛行機を進めると、飛行場唯一の建物に着いた。

飛行機から降りると、建物の中に案内され、そこにはアメリカの軍服を着た東洋人が立っていた。

「米内閣下ですね？」

「いかにも、米内だが」

「これが、近衛公爵のお手紙です」

米内は、その袋に入った手紙を受け取った。

「これから、給油をしますので、暫くここでお待ちください」

それから、コーヒーと砂糖がたっぷりついたドーナツが出された。

「これは珍しい、いただこう」

日本では貴重品である砂糖を、ボロボロこぼしながら2人は食べた。

日本のパイロットは田舎育ちのようでドーナツが珍しいのか、

「閣下、これを持ち帰ってもいいですか？」

と聞いてきた。米内があきれていると、米兵が気を利かせ、

「まだ沢山ありますよ、お土産にお持ちください」

と箱を5つ程持ってきた。

「じゃ、プレゼントとしていただこう」

と、これまで禁じられていた、敵国語を米内があえて使った。

30分程で給油が終わり、米内は近衛からの手紙を早く持ち帰りたい心境であった。

パイロットはこちらに向かう時の緊張感が失われ、ドーナツを沢山もらった喜びで、

「鬼畜米英と言っていましたが、いい奴らですね」

と、のんきなことを言っていた。

そこから2時間半無事厚木基地に着き、既に迎えの車も来ており、米内は慌てて乗り込んだ。

「閣下、お土産どうします？」

パイロットは、まだのんきなことを言っていた。

「全部君に上げるよ」

「本当ですか！」

とても嬉しそうに笑った。

これからは、このような人達の時代が来るのだと米内は感じていた。


そろそろ、夕焼けの空もダークな紫色が多くを占めて、周りは薄暗くなり始めていた。

車は首相官邸へ急いだ、官邸に到着すると米内は、車から飛び降りるように出て、鈴木や阿南が待つ執務室に急いだ。

「おー、米内君ご苦労さん」

と開口一番、鈴木が声を掛けた。

3人は近衛の書いた書簡を一生懸命読んだ。

鈴木は黙ったまま頷いた。阿南は日頃感情を表に出さないが、少しがっかりしたように感じた。米内も素直に喜べないと感じていた。

鈴木が話し始めた。

「確かに国体の護持、外国軍の駐留阻止、戦争犯罪人を外国で裁くことはないようだ」

「しかし、ここまで国体を変えてしまっていいのか」

阿南は言った。

その時、宮嵜からの手紙が入っているのに米内は気づいた。

「宮嵜君からの手紙だ」

そう言って、封書から便箋を出した。そこには、

「皆様はこの度の和平に気を落とされていると存じます。しかし、これは交渉に失敗した結果ではありません。これは我々使節団が考え、米国に提案したものです。今、日本が変わらなければ、世界は我々を見限り、蔑み、我々は世界の孤児となるでしょう。その結果は日本が滅びてしまい、やがて世界から忘れ去られてしまうことになるのです。しかし、今変われば、世界はやがて我々を尊敬し、世界と共に豊かな国になることができるのです。それは誰かに脅されてなるのではなく、自ら選択して変わるのです。嘗て我々の祖先は日本が危機に陥った時に変革を行ってきました。今がその時なのです。どうか日本を滅亡の道に進ませないでください」

と書かれていた。

3人は手紙を読み終わった時、何か心の変化を感じていた。

鈴木は3人の気持ちを代表するように言った。

「この道を進んでいくしかない！」

他の2人も異論は無かった。

そして、追伸があった、

「しかし、不忠者が出てくるでしょう。そのため次の行動を直ぐに取ってください。議会を開き、陸軍と海軍を解散して、新たに平和維持軍を創設してください。兵員を今の3分の1にして、任務を解いた兵はそれぞれの家に帰してください。平和維持軍の幹部は我々の方針に従う者を任命してください。このことを実現するため内閣に、平和維持軍準備室を作り、総裁には鈴木総理が、副総裁には米内、阿南両大臣が就いていただきたい。和平の調印は現地時間15日午後6時に行います（日本時間16日午前5時）」

とあった。

「明日の朝か、もう時間がないが、徹夜でもいいから直ちに議会を開こう。それと今から陛下に報告せねば」

鈴木は言った。

皇居に着くと直ぐに天皇に面会ができ、近衛の書簡を提出した。

天皇は、「これで良い」と言った。

また、国民への通知は自ら行うとも言った。

鈴木は、それでは直ぐに録音の準備をさせてもらいますと言い、

「御前会議の開催と、議会を開催するご承認を賜りますようお願いいたします。そこでは、和平承諾及び陸海軍の廃止手続きを取ります。今後、軍は平和維持軍と改め専守防衛を任務とします」

と言うと、天皇は了解の意思を示した。

3人はすぐに動いた。

議会の承認を得る前から平和維持軍設立の準備にかかった。

現在の陸海軍でこの動きに反対するものをリストアップするとともに、軍の廃止と同時に彼らの任を解くこととした。

夜遅く御前会議が開催され、和平交渉の結果を鈴木から伝え、混乱を避けるためいきなり天皇の裁断を仰いだ。

天皇は、

「日本開国以来の危機を向かえ、国民一体となって、良く耐え忍んだが、これ以上戦争を続けることは、この国が滅びることとなる。今後日本国は生まれ変わり、平和国家として末永く栄えるために、今日より復興に邁進することとした。これよりも茨の道であるが、これまでのように国民一体となって進んでもらいたい」

と言い、そこにいる全員が涙し、復興を誓った。

その後の議会においても、政府から出された案に反対はなく、事は運んでいった。

しかし、軍の解散は時間がないこともあり、相当に混乱した。

深夜まず平和維持軍の辞令が公布され、その任に就けなかった者達の中に、早速不穏な動きをする者がいた。

特に荒尾と稲葉は任務を解かれたことを隠し、武装解除で混乱する歩兵503連隊で、連隊長である山本中佐と面会していた。

「この度、政府が突然に軍を解散すると言ってきたが、これは米国の陰謀である」

荒尾は語気を荒げ、

「このような命令は、無効であるので無視するように」

と言った。

「しかし、間もなくラヂオで終戦の発表があるそうですよ」

山本がそう返すと、

「貴様、このようなことを信じているのか」

と血相を変えて怒鳴った。

「みんな、うそです。米国の謀略にはまり、国を売り渡した近衛など、全権使節に天誅を下すのです」

稲葉の言葉に、

「それは無茶だよ、そんなことをすれば賊軍となってしまうではないか」

と山本が言う。

荒尾と稲葉は顔を見合わせ「うん」と頷いたと同時に、稲葉が自らのホルダーから南部式拳銃を抜き、銃口を山本の心臓付近に当てた。

「何をするか」

山本は叫んだが、銃弾は発射され山本は絶命した。

数人の兵隊が慌てて部屋に飛び込んできたが、そちらに向けても2人は発砲した。

その頃、ワシントンではいよいよ和平調印が始まろうとしていた。

ホワイトハウスは全権使節が来てから一番華やかでにぎやかであった。

初めてこの国に来たとき、皆はあまり歓迎されていないと感じていた。

しかし、今は打って変わりその歓迎振りに少し戸惑うほどであった。

それは、アメリカが和平交渉で日本の決意を理解しただけでなく、将来の友好関係を予感させるものであったことが原因である。

当初、アメリカの頭痛の種とも言える、原子爆弾についても、日本での連合国側の和平調印の日に、渡されることで既に合意をしていた。

そのため、今日の調印は本来ならば国務長官と全権大使で行われるものを、大統領自ら行うものとした。

アメリカ側の喜びとは少し違い、日本の皆は多くの心配を抱えていた。

「内地の皆、うまくやってくれているかな？」

吉田が宮嵜に耳打ちする。

「信じるしかありません」

宮嵜は、わりと素っ気無かった。

それは遠く離れたアメリカで、考えてみても、どうすることもできないことだからである。

やがて、調印式は無事に終わった。

アメリカ側から、ゆっくりアメリカ見物でもしてから帰るようにと誘いがあったが、全権使節団の皆は居ても立っても居られない心境であった。

　帰国についてはアメリカ政府より、民間航空機が用意された。

　ワシントンから北周りのノンストップで日本まで飛ぶというので、乗り心地もよさそうで、おまけに時間も短縮でき、少し楽ができるのは有難かった。

　乗ってみるとやはり機内の音も静かで、来る時とは大分違っていた。

「これは楽だね」

　吉田が言った。

「まさか来る時は、送りつきとは思ってもいなかったが……」

　東郷も言った。

「帰国後の心配も色々ありますが、万事旨くいくことを願います」

　近衛が言うと、今井が、

「日本では相当混乱しているでしょう」

　と不安げだ。

「我々は無事に日本の土を踏めますか？」

　藤村も心配そうに言った。

「まあ、ここで心配しても如何にもなりません、鈴木総理や皆様を信じましょう」

　と宮嵜は言った。

「私は日本が旨く納まってくれれば、もう、政治の世界から引退しようと思っています。この戦争を止められなかったことを、ずっと悔いていました。今回これ以上の戦争被害を止める機会をいただいたことは、これまでのことに対する、幾ばくかの懺悔となりましょう」

近衛が言う。

「近衛公爵はまだお若いのに、それはもったいない」

と吉田が返す。

「年齢ではありません、あまりにも辛い思いをしました。しかし、吉田さんはこの度の訪米でこれからの人だと感じました。是非、頑張っていただきたい」

「いや〜、もう歳ですよ」

その会話を聞いていた今井も、

「もう、これからは軍人の時代ではないから、俺も隠居だな」

と言った。

「これからの世の中では、どのような人間が活躍するのでしょうね？」

藤村も呟いた。

「やっぱり産業だな、富国強兵ではなく、富国富民、すなわち国豊かになり、国民も豊かになる、そうでなくちゃ〜」

吉田がそう言って笑った。

宮嵜はやはりこの人は、これからの日本を背負う人だと感じた。

## 11日目（8月16日）

東京では早朝から政府による、重大発表があるとのうわさが流れていたが、社会の混乱を避けるため、警察などには事前に、和平成立の発表があると通知があった。

吉川も、その情報を既に得ていた。

そのため、知り合いの新聞記者に、号外を出すときは、大川の花火大会についても記事にして欲しいと頼み込んでいた。

今日の夜には宮嵜が帰る筈であり、その時はその労を花火でねぎらい、迎えてやりたいと考えていた。

その時は提灯行列など多くの人手が予想され、警察は花火の手伝いなどできる状況でないが、花火大会の警備の目的で人手を出そうと考えていた。

花火師銀二も既にうわさは耳に入っていた。

「吉川の旦那、大丈夫か？」

もう花火の発射場所も確保して待っていた。

何人かの年老いた花火師や、兵隊に夫を取られた花火師の嫁なども手伝いに来ていた。

「銀二さん大丈夫かい、本当に来てくれるんだろうね」

その花火師のかみさんが言った。

「勿論でぃ、男の約束を違えるような、お方じゃ～ねーよ」

そうは言ってみたものの、少し心配そうであった。

世の中何か浮き足立ったような騒然としていたため、警察が忙しいことは銀二にも想像できた。

お昼になって、ラヂオから日米和平が成立したとの放送があり、天皇から国民に向けての言葉もあり、民衆は沸き返った。

「和平だ！」「戦争は終わった！」と口々に叫び、出兵兵士の家族は、息子が、夫が、父が帰ることを喜んだ。

その内号外が出て、「日本国米国と和平を交わす」「今日から平和が！」と色々な見出しが躍っていた。

東京の号外には、大きな記事の下に小さく「本日、大川で和平記念花火大会」と記事が出ていた。

「銀二さん、ほら、出ているよ！」

「おっ、本当だ！　出ちまったよ！　旦那、まだかよ」

ヤキモキしているうちに、両国橋を警察官の制服を着た数人が走ってくるのが見えた。

「すまん、すまん、なかなか抜けられなくて」

吉川が息を切らせて走ってきた。

「旦那、遅せいよ。しかし、大丈夫かい？　忙しいだろうに」

「今日は花火大会の警備だよ」

「おっ、そいつはいいや。じゃ、旦那方、そんなもの脱いで、花火師の格好に着替えナ」

そう言われて制服を脱ぐと、その下は既に準備ができていた。

「こいつは用意が良いや」

皆が笑った。

その頃、503連隊では、

「これより二手に分かれて、攻撃を行う。1つは羽田、もう1つは大川である」

と荒尾が命令を下した。

「羽田には、米国に我が帝国を売り渡した、近衛など売国奴を討つため。大川は、この非常時に浮かれ、花火を見物に行く愚か者を成敗するためである」

これを聞く兵隊達の中には、

「これ、何かおかしいぞ、戦争は終わった筈だが」

そうコソコソ話すものもいたが、これまで上官の命令は天皇の命令と絶対服従を仕込まれてきた兵隊には、逆らえぬ状況であった。

その頃、帰路に着く宮嵜達は北海道上空にいた。

機長から、日本上空です、と案内があった。

「もう1時間少しで、東京に着くようです。日本軍の戦闘機でも、飛んできそうに思えるのですが、無事に着けそうですね」

藤村が言った。

「変ですね、日本に着いて緊張するなんて」

今井が言った。

しかし、皆はまさに浦島太郎の心境であった。

この間日本で何が起きているか、まったく分からず帰国したのである。

「ほら、見て御覧なさい、あれが我が国土ですよ」

近衛の声に皆が窓に目を向けた。

「やっぱりいいな〜我が故郷」

吉田が呟いた。

眼下には緑豊かな山々と青い海が広がっていた。

「アメリカの風景とは違いますね」

宮嵜が言う。

やがて、関東地方に入ると、夕焼けの空から、闇の部分が多くなっているのを感じた。

東京の上空を旋回していると、誰かが、「あっ、花火だ」と言った。

皆が下を見ていると、殆ど焼け野原になった東京の街と飛行機の間に小さな円形の光がはっきりと見えた。

「確かに、花火だ」

皆は、まさかこの東京で花火が上がっているとは、思いもしなかった。

東郷が、「我々を歓迎する花火ですか?」と言った。

吉田は、まさか、と疑った。

「でも、鉄砲玉ではなく、花火とは……」

今井が言うと、なぜか皆の顔がほころびたようにニコニコとしていた。


その頃、両国橋を西から銃を肩にした兵隊の一団が現れた。

東からは多くの見物客が押しかけており、ちょうど橋の真ん中あたりでかち合う形になった。

先頭を行く稲葉が叫んだ。

「このような非常時に、娯楽にふけるとは何事か。直ちにここより立ち去れ」

ちょうど群集の先頭にいた50前の職人風の男が、

「なに言ってやがる、てめぃ達こそ立ち去れ」

と威勢のいいタンかを切った。

稲葉は腰のホルダーから拳銃を抜くと、空に向け威嚇射撃を一発発射した。

男は一瞬ひるみ、後ずさりすると、軍隊は銃剣をした銃先を群集に向け、少しずつ前に押してきた。

その分、群集はあとずさりした。

このままでは群集は、両国橋の外へ出てしまいそうになった、その時、誰とはなく群集の後ろから、「平和！　平和！」とコールが起こり、その地響きにも似た声に、今度は軍隊が後ずさりした。

稲葉は、「貴様ら下がるな」と言ったが、殆どの兵隊は無理やり連れてこられており、来たくて来たのではないため、ズルズルと下がっていった。

中には、「これは、ヤベーゾ！」と口にする者もおり、逃げ腰であった。

稲葉は、銃口を群集の先頭にいる職人風の男に向け発砲した。

弾は男の肩に当たり、男は倒れた。

「なんてことしやがる」

群集は、なお怒った。

平和コールが一層大きくなり、群集は前へ前へと押し寄せた。

その時、群集に後光が射すように大輪の花火が上がり、兵隊の後ずさりは早さを増した。

稲葉が2発目を打とうとした時、兵士が後ろからその銃を取り上げ、自分の銃の銃座で稲葉の顔を殴りつけ、兵士達は足早にその場から逃げ去った。

倒れた稲葉の上を群集が通り過ぎ、やがて平和コールが万歳コールになっていた。

これまで権力のなすがままにされてきた、群集の怒りが爆発した瞬間であった。

東京の空に平和の花火が連射され、人々は大きな拍手を送った。


その頃、羽田にいよいよ宮寄らの飛行機が着陸しようとしていた。

そこへ、荒尾が軍を率いて押し寄せていた。

しかし、羽田には警備の軍が配置され、羽田手前で両軍がにらみ合う形となった。

そのため飛行機はなかなか着陸許可が下りず、上空を旋回していたが、ワシントンからの直行であり燃料は残り少なくなっていた。

そのことは、上空の宮嵜らにも知らされていた。

「やはり、不忠者が来ましたか」

近衛が言った。

飛行場の光は見えるが、争いの状況までは確認できなかったので、不安が彼らを包んだ。

「厚木に変更したほうが良いのでは」

藤村が呟いた。

「恐らく、鈴木総理以下皆様が、出迎えに来てくださっているので、何とかなるでしょう」

宮嵜は言った。

その頃、下では荒尾が発砲を始めた。

その時、阿南が、

「ばか者が！　鈴木総理、わしが止めてきます」

と立ち上がった。

「今応援の部隊が来るので、直ぐに鎮圧できるでしょう。暫く、待とう」

と鈴木が止めたが、阿南は彼らの部隊に向かった。

「やめろ！　阿南だ」

そう言って前に進み出た。

反乱部隊は一瞬銃撃を止め、辺りは静まり返った。

「貴様ら、逆賊となるか！　直ちに投降せよ」

と、尚も前に出た。

その時、荒尾は兵士の銃を奪い、阿南めがけて銃弾を発射した。

銃弾は阿南の胸に当たり、体は後ろに飛ばされ、道に倒れこんだ。

それを見た反乱軍兵士は、銃を捨てて逃げ出した。

「待て！」

荒尾の声が響いたその時、警備兵側から銃弾が発射され荒尾は倒れこんだ。

2人とも即死状態であった。

真っ暗な原野に虫の声だけが聞こえた。

鈴木達に阿南の死が報告された。

「阿南君は死に場所を求めていたのか？」

鈴木が呟いた。

横で米内が目頭を押さえた。

やがて上空の飛行機に反乱軍鎮圧の一報が入った。

飛行機は羽田に着陸をした。

もう辺りは暗くなっていたが、少し不安げに飛行機の窓から外を覗くと、大勢の人々が提灯を持ち出迎えに来ているのが見えた。

「おい、沢山の国民が迎えに来ているぞ」

吉田が言った。

誰かの、「良かった」と呟く声が聞こえた。
それは皆の気持ちを代弁する声であった。
近衛を先頭に外に出ると、皆の平和コールが聞こえてきた。
全員が目頭を押さえて泣いた。
宮嵜は吉田の耳元で、「やりましたね」と言った。
「皆平和を待ち望んでいたのだ！」
吉田が言った。
今は心配も、苦労も吹き飛んでしまった。
その時なぜか、既に終わった筈の花火が一発打ち上がるのが見えた。
その下を、鈴木を先頭に出迎えの人々が宮嵜達に近づいてきた。
ふと空を見上げると、数え切れぬほどの星の中から、流れ星が一つ大空を横切った。
この国の未来を祝福するほどの、美しい星空である。
大東京に星が降る夜であった。

# あとがき

私達の知る事実が真実ではないことがよくあります。

先の大戦で私達の親や祖父母はとんでもない不幸に見舞われました。

しかし、その時代が歴史という世界に入ると共に、事実はある部分が削り取られて残った事実は真実とは似ても似つかないものになってしまうことがあります。

歴史とはそこで暮らした人々の生活であり、人々の思いであります。

その時代に人々が何を感じ何を求めていたか、見つめなおす時代が、今来たように思えるのです。

私はこの小説の中で作り上げた世界は事実ではありません。

しかし、そこで生きる人々の思いは私の知る真実です。

私の親の世代ではほとんどの父親達が戦場に赴き、帰還した父からそこでの経験談など戦争の悲惨な体験を私達は聞くことができました。

また、内地に残る家族も苦しい日々を送ったことは母親などから聞かされました。

だからこそ私達は二度と戦争を起こさない道を選択したのです。

しかし、今日本国憲法がアメリカに押し付けられたとの主張が正論となって述べられる時代になりました。

確かにそれは事実ではありますが、真実ではありません。たとえ日本国憲法の原稿をアメリカ政府が考えたにせよ、それを受け入れ、戦後70年以上守り続けたのは日本国民であります。

それはあの時代に二度と戻りたくないと私達親の世代以上の人達が考えていたからだと私は思っています。

事実が真実をゆがめるならば、フィクションにより真実が見えることがあってもよいのではないでしょうか。

**【著者略歴】**

溝口　学（みぞぐち　まなぶ）

昭和27年兵庫県生まれ、関西大学社会学部卒業、平成24年豊中市役所定年退職、市役所では福祉事務所が長く、生活保護ケースワーカーなどの仕事に就き人々の生死の場面を多く見てきたことが小説を執筆する意欲に結びついた。今回の作品が処女作である。

# ジョーカー　JOKER

2016年7月27日　第1刷発行

著　者 — 溝口《みぞぐち》 学《まなぶ》

発行者 — 佐藤　聡

発行所 — 株式会社 郁朋社《いくほうしゃ》

〒101-0061　東京都千代田区三崎町2-20-4
電　話　03（3234）8923（代表）
ＦＡＸ　03（3234）3948
振　替　00160-5-100328

印刷・製本 — 壮光舎印刷株式会社

装　丁 — 根本　比奈子

落丁、乱丁本はお取り替え致します。

郁朋社ホームページアドレス　http://www.ikuhousha.com
この本に関するご意見・ご感想をメールでお寄せいただく際は、
comment@ikuhousha.com　までお願い致します。

 ISBN978-4-87302-625-1 C0093